KB106289

어쩌다
예술을
해 서

젊은 예술가들에게 건네는
살벌한 현실 이야기와 데일 만큼 뜨거운 위로

어쩌다
예술을
해   서

김태희 지음

COOPERATIVE
착한책가게

이 책에 도움을 준
고마운 사람들

아주 어린 시절부터 동생을 앉혀놓고 경험하고 배운 것들을 가르쳐주는 놀이를 많이 한, 그래서일까 내가 경험하고 깨달은 것들을 후배들에게, 제자들에게 나눠주는 것에 주저함 없게 만들어준 세 살, 다섯 살 터울의 두 언니에게 감사를 전해. 어려운 시기 막내딸 믿고 기다려준 아빠, 누구보다 이 책의 출간을 기뻐했을 하늘에 계신 엄마, 엄마와 같은 마음자리를 내어준 이모에게도 감사해.

더불어 바라컬처스랩과 함께해 온 연구원들에게, 나의 소중한 친구들과 선후배들에게, 일일이 다 호명할 수는 없지만 "소장님과 함께 일해서 너무 좋아요!"라며 손 맞잡고 외쳐주는 예술계 동료들에게, 특히 이 책을 쓰는 동안 젊은 예술가의 목소리가 되어준 예술의 벗 정다겸에게, 젊은 예술가에서 중년 예술가로 함께 가고 있는 경희대 빛사냥 모람들에게, 새로운 영감과 감각을 열어준 멋진 muse들에게, 늘 '잘하고 있다'고 격려해주시는 나의 스승님 홍익대학교 문화예술경영학과 고정민 교수님께(한국 예술경영학계와 한류의 성장에 힘써주신 업적과 공로 잊지 않겠습니다.), 그리고 마지막으로 덥석 이 책을 향해 손 내밀어주고, 젊은 예술가들의 꿈을 함께 그려준 착한책가게 출판사에 진심으로 고마운 마음을 전하고 싶어.

수많은 예술학도들을 졸업시켜 왔지만 그들이 졸업 이후 청년 예술가로서 어떻게 살아가는지에 대해서는 자세히 알 길이 없는 것이 교수의 한계이고 아쉬움이다. 이 책을 통해 우리 젊은 예술가들이 창조하는 용기, 살아내는 용기를 얻기를, 그리고 이후 간혹 소식을 듣게 된다면 예술의 길이 제법 힘들긴 하지만 '어쩌다 예술을 해서' 참 다행이라는 말이기를 기대해본다.

— 고정민 | 홍익대학교 문화예술경영학과 교수

예술가의 길목에서 주저하는 사람들에게는 가이드북 같은 책이고, 예술가의 길을 걷고 있는 사람들에게는 자가진단법이 적힌 신박한 책이다. 읽다 보니 문득 나를 돌아보게 된다.

— 강윤성 | 〈카지노〉, 〈범죄도시〉 감독

살벌하게 현실적인 이야기와 데일 만큼 뜨거운 마음이 담긴 책이다. 작업에만 몰두하고 싶지만 그럴 수 없는 당신에게 (예술가이자 기획자인) 저자는 선배이자 동료로서 지친 몸과 마음을 기댈 수 있는 어깨를 내어준다. 이 시대의 예술가는 어떻게 살아남을 수 있을까? 고민해본 당신이라면 저자의 솔직하고도 매력적인 화법과 경험에서 우러나온 통찰 속에서 무장 해제된 채 해답을 발견하게 될 것이다.
— 이승은 | 소설가, 《도망치는 연인》의 저자

변하는 것과 변하지 않는 것이 있다. 빠르게 변화하는 시대 흐름 속에서 변하지 않는 것은 삶을 대하는 태도와 한 사람이자 예술가로서 길게 호흡해 나가는 방법, 건강하게 천천히 꽃피우는 방법이라고 생각한다. 이 책은 그러한 변치 않는 것을 전하고 있다. 예술의 길에 접어든 대한민국 젊은 예술가들의 고민을 날카롭게 짚어내고, 변치 않는 것으로의 대응을 전하는 선배의 애정 어린 눈 맞춤과 끄덕임이다.
— 정다겸 | 한국예술종합학교에서 미술이론을 공부하는 스물넷 청년

이 책은 젊은 예술가로서 우리가 마주하는 예술의 장벽을 다양한 시선으로 풀어낸다. 예술이라는 화려한 무대 뒤에서 우리가 겪는 좌절과 성공, 희망과 두려움이 가감 없이 담긴 이 책을 통해 '그럼에도 불구하고' 예술가로 살아가기로 결정한 많은 '우리'들이 위로받길 바란다.
— '먼데이 뮤지엄' 콘텐츠 디렉터

|차 례|

프롤로그 10

어쩌다 예술을 했지만 … 뼈 때리는 이야기

어쩌다 예술의 길에 들어선 젊은 예술가에게__18

젊은 예술가가 넘쳐나게 된 진짜 이유__27

대한민국 예대 입시와 예술대학은 예술가를 어떻게 만들었나__34

다시 돌아간다 해도 예술을 할 것인가__41

어쩌다 예술을 했어도 … 숱한 밤 현실 고민

예술가로 성공한다는 것의 진정한 의미__52

중요한 것은 꺾이지 않는 마음인가__61

내 예술의 쓸모에 대해__68

젊은 예술가의 자책 가득한 아르바이트 생활__76

어쩌다 예술을 했더니 I ··· 어른이 되었지만 안 바른생활

젊은 예술가의 습관과 자기계발__86

젊은 예술가는 왜 여기저기 온몸이 아플까__95

먹고살자고 하는 일인데 과연 잘 먹고 있는가__102

불면의 밤을 보내고 있는 젊은 예술가들에게__109

어쩌다 예술을 했더니 II ··· 청춘이라 더 아픈 멘탈

비교하고 질투하고 좌절하다 가끔은 교만한 내 자존감__118

예술을 해서 우울한 것일까, 우울해서 예술을 하는 것일까__127

젊은 예술가의 불안 마주하기__134

젊은 예술가를 완전히 죽이는 검은 중독__142

어쩌다 예술을 했더니 III ··· 인간관계라는 난제

젊은 예술가를 무너뜨리는 가스라이팅의 함정__150

성숙한 나르시시스트 예술가로 건강한 관계 맺기__159

가짜 '스승' 대신 진짜 '멘토'를 찾아서__166

경쟁자 vs 파트너, 젊은 예술가에게 친구란__175

어쩌다 예술을 했으니 … 젊음이라는 무기와 함께

세상에 빨리 나오는 작품이 가장 좋은 작품이다___188

번개처럼 찾아오고 공기처럼 가득한 영감과 창의성___197

열정페이 대신 경제적, 실용적 예술경제감 키우기___209

유명해지고도 싶고 숨고도 싶어, SNS와 포트폴리오___220

어차피 예술을 할 거라면 … 천 번의 변화와 두드림

포스트 제너레이션 시대, 젊은 예술가의 위치 잡기___230

예술을 하고 있지만 여전히 무엇을 할지 모르겠다는 그대에게___239

젊은 예술가에게 새로운 시대는 기회일까, 위기일까___250

두렵기도 하고 무시하고도 싶은 디지털 시대의 예술___259

젊은 예술가여, 울더라도 부려야 한다___266

에필로그 277

미주 282

미안해, 위로만, 좋은 말만 기대한다면.

이 책은 조금 불편하고 냉정할지도 몰라. 당신이 만약 '어쩌다 예술을 하는' 젊은 예술가라면 누구보다 이 책이 하는 말에 대해 '아, 뼈 때린다…'라고 생각하기를 바라며 쓴 글이니까. 심지어 이 책이 누군가에게는 그럼에도 예술의 길을 더 단단하게 버티게 하는 힘이 될 것을 바라지만, 또 다른 누군가에게는 그러므로 기꺼이 예술을 버리고 새로운 길을 향해 떠날 수 있는 용기가 될 것도 바라고 있으니까.

솔직히 말하자면, 젊은 예술가들을 위한 책이라 소개하고 있지만 이 책은 여기에 나열된 문제와 사태들을 수백 번 겪었다 극복하기를 반복하는 나 자신에 관한 책이기도 해. 나이가 숫자가 아니라 마음의 상태라고 주장하는 편에 감히 선다면, 나는 젊은 정도가 아니라 아직 철조차 들지 않은 정도여서 사실 글 하나하나는 젊은 예술가들과 함께 내가 공부하고 싶고, 탐구하고 싶고, 오랜 시간 앉아 뜨겁게 토론하고 싶은 이야기들이기도 해.

그래서 처음 책을 쓸 때는 부끄러운 마음에 내 개인적인 이야기를 최대한 언급하지 말아야지 하고 각오했거든. 그런데 글을 쓰다 보니 어느새 젊은 예술가들과 작은 카페 구석에서 커피 한 잔 나누며 속닥거리는 느낌이 들더라고. 그래서일까, 깔깔거리다 주변 눈치 보며 속삭이다가 분노도 했다가 위로와 격려를 나누다 보니 결국 내 이야기 남의 이야기 누구의 이야기랄 것도 없이 섞여버리고 말았지.

이 책을 사이에 두고 마주한 그대는 어떤 예술가일까? 디자이너일까, 화가일까, 공예가일까, 래퍼일까, 클래식 음악 연주자일까, 싱어송 라이터일까, 무용수일까, 연출가일까, 배우일까, 글을 쓰는 작가일까, 국악인일까, 아이돌일까, 만화를 그릴까, 영상을 만들까…

그리고 그대는 어쩌다 예술을 시작했을까? 어쩌다 예술을 해서 그리도 숱한 고민들을 끌어안고 만 것일까, 어쩌다 예술을 했지만 앞으로 어떤 예술가로 살고 싶은 것일까. 어쩌다 예술을 해서… 어쩌다….

이 질문들에 대한 답이 쉽게 나오지 않는 것은 마치 동화책에서 '왕자님과 공주님이 결혼하였습니다.' 하고는 그 뒷이야기가 없는 이유와 같을지도 몰라. 굳이 알고 싶지도 않고 덮어두고만 싶은 이야기…, 뼈 때리고, 지루하고, 아무 일도 일어나지 않지만 이상하게 고단하고 가끔 벅차기도 한, 하루하루 지난한 생활의 이야기여서라고나 할까.

힘겨운 시대에 어려운 예술을 하는 우리를 보고 대단하다고, 넌 잘할 거라고, 용기 내라고, 꿈을 향해 버티라고 하는 말, 수도 없이 들어왔지. 하지만 우리는 이제 그 모든 말을 곧이곧대로 듣지 않을 만큼 자랐어. 환상동화의 뒷이야기를 들춰보고자 하는 호기심과 진실을 마주할 냉소도 가지게 됐지. 책의 오타 위에 수정하느라 붙여둔 스티커를 보면서 어느새 그 가장자리를 뜯어내고 있는 것처럼, 우리가 어쩌다 예술을 하게 됐지만 그 아래 묻힌 삶의 진실, 뼈 때리는 현실을 한 번쯤은 열어봐야 해. 들어봐야 하는 거지.

소설가 밀란 쿤데라는 그의 책 《농담》(민음사, 1999)에서 젊은이들에 대해 "삶은, 아직 미완인 그들을, 그들이 다 만들어진 사람으로 행동하길 요구하는 완성된 세상 속에 턱 세워 놓는다."라고 했어. 젊음이 자산이고 무기라지만 정오의 태양 한가운데 홀로 서 있다는 게 얼마나 겁나고 무섭겠어. 먼저 시간을 건넌 이들의 침묵은 또 얼마나 서운하고. 그래서 막 정오를 지나온, 그저 지나온 게 살아온 게 다일 뿐인 나라도 광야를 향해 "어쩌다 예술을 했어! 그래도 살아야지!!" 하고 힘껏 소리 질러줄 테야.

자, 이제 아이처럼 물어뜯던 뭉툭한 손톱 그만 단단히 세우고, 예술가라는 형광 홀로그램 반짝이 스티커를 과감히 뜯어내 보자. 뼈 때리는 현실이 두렵다고? 혹시 알아? 더러운 찍찍이까지 다 걷어냈을 때 더 빛나고 아름다운 무언가를 발견하게 될지.

예술이란?

문화예술을 정의하는 데 있어 공식적인 기준이 되어온 문화예술진흥법에서 '문화예술'의 개념이 2023년, 장르를 나열하던 수준을 넘어 더욱 넓은 의미로 확장되었다. 무려 50년 만의 일이다. 이제 예술이란 다음의 몇몇 장르뿐만 아니라 개인과 집단의 창의적 표현활동과 그 결과물 모두를 말한다고 할 수 있다. 예술은 이제 어디서나, 누구에게나, 무엇이든 될 수 있는 시대로 나아가고 있다. 그러니 마음껏 취향에 따라 예술을 취하고, 예술을 즐기고, 예술을 배우고, 예술로 표현하라. 그것이 예술이고 예술 생태계를 더욱 확장하게 만들 것이다.

"'문화예술'이란 문학, 미술(응용미술을 포함한다), 음악, 무용, 연극, 영화, 연예(演藝), 국악, 사진, 건축, 어문(語文), 출판, 만화, 게임, 애니메이션 및 뮤지컬 등 지적, 정신적, 심미적 감상과 의미의 소통을 목적으로 개인이나 집단이 자신 또는 타인의 인상(印象), 견문, 경험 등을 바탕으로 수행한 창의적 표현활동과 그 결과물을 말한다."(문화예술진흥법 제2조(정의)

대한민국 청년기본법에서는 만 19~34세 이하를 청년이라 하고 일부 조례에서는 만 39세까지를 청년으로 보기도 한다. 발달심리학자 에릭슨은 생애주기 8단계 가운데 20~45세까지를 제6단계인 청년기로 보았고, 최근 유엔(UN)은 인류의 수명 증가에 따라 청년기를 18~65세까지로 확대하여 구분하였다.

이 책에서 말하는 젊은 예술가는 "청춘은 마음먹기에 달렸다"든가 "나이는 숫자에 불과하다"는 말을 들었을 때 ①아직 나와는 관계없는 이야기라고 느끼는 만 39세까지의 법적 청춘과 ②바로 내 이야기라고 느끼는 마음이 젊은 중장년 청춘들을 대상으로 한다. 그러니 여전히 젊음이라는 덩어리가 만져져서 때로는 두근거리고 때로는 따끔거리고 때로는 시큰거린다면, 바로 당신이 이 책의 주인공, 젊은 예술가다.

어쩌다
예술을
했지만

......

뼈 때리는 이야기

어쩌다
예술의 길에 들어선
젊은 예술가에게

젊은 예술가!
그대는 어쩌다 예술을 하게 되었지?

이 질문을 받을 때마다 아마 우리는 여러 가지 기억과 감정들을 떠올릴 거야. 그 길에 접어든 이야기는 마치 "첫사랑은 어떻게 만나게 되었어요?"라는 질문에 대한 답과 비슷하니까. 모두 저마다의 사연과 저마다의 추억, 그리고 그 너머의 달콤쌉쌀함이 있는….

스무 살의 동아리 MT 자리에서 젊은 예술가들은 취기에 힘입어 하나둘 입을 열기 시작하지. 처음 엄마를 따라간 뮤지컬 공연장에서 전율을 느껴 배우의 길에 들어섰다거나 영화 동아리에서 운명처럼 영혼의 종소리를 들어 영화판에 들어섰다고. 어릴 때부터 미술학원, 무용학원에 다니거나 학교 방과후에서 공예나 국악을 접한 뒤 자연스럽게 전공으로 이어진 경우도 있지. 또 친구 따라 시작한 예술, 선생님이 추천해서 시작한 예술, 부모님의 바람 때문에 하게 된 예술….

우리가 어쩌다 어떻게 예술을 하게 된 이야기는 아마 날을 새도 모자랄 만큼, 수만 가지 이야기로 쏟아져 나올 테지. 사골처럼 몇 번을 재탕해도, 조미료 조금 치고 살을 덧붙여 이야기해도 그저 재미있고 신기하고 때로는 울컥해지는 그 이야기, 우리가 어쩌다 예술을 시작한 이야기니까.

1956년, 축구장을 가로질러 하교하던 중에 그냥 갑자기 그렇게 된 거였어요. 머릿속으로 시를 쓴 뒤 종이에 옮겨 적었는데 그때부터 오로지 글을 쓰고 싶다는 것 외엔 아무 생각도 안 났어요. 내가 쓴 시가 훌륭한지 어떤지도 몰랐지요. 하지만 알았대도 아마 신경 쓰지 않았을 겁니다.

– 마거릿 애트우드의 《글쓰기에 대하여》 중에서

예술가들의 시작

텔레비전이나 책에서 예술가들의 삶과 작품을 다룰 때 가장 흥미를 끄는 것은 태어날 때부터 천재라고 불린 예술가들의 이야기가 아닐까 싶어. 자, 누가 생각나? 그래, 대부분이 모차르트를 가장 먼저 떠올리겠지. 세 살 때부터 연주를 기막히게 했고, 다섯 살부터는 작곡을, 여섯 살부터는 아예 가족들과 함께 유럽 왕실 여기저기로 연주 여행을 다니며 신동 중 신동이라는 소리를 들었다니까. 화가 피카소는 또 어떻고. 그는 여덟 살에 이미 모든 사물을 완벽하게 모사(模寫)하고 열네 살에 기성작가들 뺨치는 작품을 그려냈어. 또 타고난 목소리로 다섯 살부터 형들과 잭슨파이브 활동을 시작해서 그 이후 발매하는 솔로 앨범마다 음반 역사를 갈아치운 팝스타 마이클 잭슨도 있지.

타고난 천재 예술가들의 이야기는 대중들에게 그야말로 SF영화의 외계인 이야기만큼이나 신비롭고 환상적인 소재일 수밖에 없어. 우리가 보기에도 이들이 예술가가 된 것은 우리처럼 어쩌다 예술을 해서라기보다 마치 아기가 앉고 일어서고 걸음마 하는 과정처럼 그저 아주 자연스럽고 당연하게 느껴지니까.

이렇게 타고난 천재 예술가 말고 고생 끝에 낙을 찾은 반전 스토리 예술가들은 또 어떻고. 날 때부터 천재성이나 예술계의 인정은커녕 냉대와 무시를 버텨오다가 뒤늦게 빛을 발한 예술가! 또 투잡, 쓰리잡 뛰면서 성공하기까지 오랜 시간 경제적으로 고생한 예술가들 이야기도 흥미를 끌기에 부족함이 없지. 이들의 인생 서사는 기막힌 우여곡절과 희로애락으로 가득해서 사람들 입에 오랫동안 회자될 수밖에 없을 거야. 우리가 잘 아는 생고생 예술가의 대명사인 화가 반 고흐를 비롯해 헬스트레이너였다가 배우가 된 아놀드 슈워제네거, 또 지독하게 가난한 싱글맘에서 초대박 베스트셀러 작가가 된 '해리포터' 시리즈의 작가 조앤 K. 롤링 같은 예술가들은 그들의 작품을 넘어 삶 자체가 한 편의 드라마잖아.

그런데 가만히 생각해보자. 우리는 그들이 예술을 시작한 이야기를 어떻게 알고 있는 것일까? 그들이 태어나 활동했던 시대마다 분명히 셀 수도 없을 만큼 많은 수의 예술가가 존재했을 텐데 우리는 어떻게 유독 그 몇몇 예술가들의 이야기만 알고 있는 거지? 그들의 삶만이 특별해서? 다른 예술가들보다 더 극적인 인생을 살아서? 이미 눈치 챘겠지만 사실 전혀 그렇지 않아. 르네상스 시대 예술가든 현대 예술가든 그 많은 당대 예술가들 가운데 그들의 서사만 기억되는 이유는… 맞아, 수많은 예술가들 가운데 명성을 떨친 아주 극소수의 예술가들이기 때문이야. 마치 지금까지의 역사 기록이 민초들의 삶에 관한 것이 아니라 결국 승리한 소수 권력자에 관한, 그들에 의한 기록의 산물인 것처럼 말이야.

> 역사란 개인의 삶만큼이나 가벼운, 참을 수 없을 정도로 가벼운, 깃털처럼 가벼운, 바람에 날리는 먼지처럼 가벼운, 내일이면 사라질 그 무엇처럼 가벼운 것이다.
>
> – 밀란 쿤데라의 《참을 수 없는 존재의 가벼움》 중에서

우리 젊은 예술가의 오늘

그러니 의심을 품고 한번 생각해볼까? 역사 속에는 우리가 미처 다 알지 못하지만, 분명히 하늘의 별처럼 수많은 예술가들이 존재했을 거야. 설령 이름도 작품도 남아있지 않아 현대에 와서는 존재조차 완전히 잊힌 예술가라 하더라도, 어느 날 어쩌다 어떻게 예술의 길에 들어서게 되었는지 모두 자신만의 소중한 이

야기를 분명 갖고 있지 않겠어? 당대에 성공했거나 그렇지 못했거나, 오래 기억되거나 잊히거나 하는 것은 어차피 우연과 행운이 관여하는 일이라 치자. 그렇다면 예술가들의 삶에 예술이 어떤 의미, 어떤 모양, 어떤 속삭임으로 찾아왔는지 모르지만, 결국 중요한 것은 그렇게 시작한 예술가로서의 생활이 지극한 현실이 되었을 때 과연 그들은 어떻게 살아갔는가 하는 점이야. 무엇보다 지금은, 우리 젊은 예술가들은, 살림살이가 좀 나아졌는지 생활인이자 직업인으로서의 오늘을 의심해봐야 하는 거지.

20대 초반, 이른바 예술병에 걸려 온갖 세상 짐을 진 예수님 같은 삶을 살던 때가 있었어. 괴짜이자 악동으로 불리던 미국의 시인 찰스 부코스키의 시집을 모으고 읽으며 웃고 울던 시절이었지. 그의 시집《망할 놈의 예술을 한답시고》는 나를 위로해주던 노래였고, 그의 묘비에 적힌 글 'Don't try'는 오히려 예술병을 악화시키는 명령 'Do and try'로 느껴졌지.

　　망할 놈의 예술을 한답시고
　　배를 곯을 때는

지옥은 닫힌 문이다

가끔 문 열쇠 구멍으로

그 너머가 얼핏

보이는.

젊든 늙었든, 선량하든 악하든

작가만큼

서서히 힘겹게 죽어 가는 것은

없다.

– 찰스 부코스키의 《망할 놈의 예술을 한답시고》, <지옥은 닫힌 문이다> 중에서

그러다 어느 날, 이웃집 문 앞에 '남는 밥 좀 주세요'라는 메모
를 붙여놓고 사망한 작가의 뉴스를 보고는 큰 충격에 빠져버렸
어. 1920년에 태어난 찰스 부코스키의 "예술을 한답시고 배를 곯
는다."는 그저 그 시대 멋진 시의 한 구절인 줄만 알았거든. 21세
기 대한민국의 젊은 예술가에게도 예술은 여전히 배를 곯게 하는
망할 놈의 일이라는 게 믿기지 않았지.

망할 놈의 예술이 1920년대 미국의 일이 아니라 지금의 현실
이라는 관점으로 다시 주위를 둘러보니, 예술만으로 먹고사는

동료들은 손가락에 꼽힐 정도였어. 나를 포함한 대부분의 사람들은 예술을 위해 다른 아르바이트를 병행하고 있었지. 다른 곳에서 돈을 벌어 물감을 사고 무대를 빌리며 예술을 이어가고 있는 아이러니한 젊은 예술가들….

그러니 우리는 시작에 대한 명분을 되새기며 어쩌다 예술의 길에 들어선 감동적인 이야기도 해야 하지만, 그에 못지않게 모일 때마다, 만날 때마다 이 아이러니한 현실에 대해서도 이야기해야 한다고 생각해. 예전 예술가들과 비교할 때 하나도 변하지 않은 오늘날에 대해 의심하고 궁금해하고 이야기 나누어야 한다는 거지. 단순한 푸념이나 지원이 적다는 비판을 넘어서 아주 큰 그림과 큰 눈으로 그대들이 속한 예술계에 대해 이야기하는 판을 곳곳에서 벌여야 한다는 얘기야.

이를 유명한 예술가나 비평가, 선배 예술가의 몫으로 미루는 순간 젊은 예술가의 삶은 그대로 대물림되고 찰스 부코스키의 유령은 영원히 사라지지 않을 거야. 예술가의 젊은 시절은 영혼과 정신과 세계와 사회와 예술과 예술계를 향해 배가 고파야 할 때니까.

우리 마을의 젊은이들은 농장, 집, 헛간, 가축, 농기구 등을 물려받아 불행한 삶을 산다. 이런 것들은 쉽게 얻을 수 있어도 버리기는 어렵기 때문이다.

그들은 앞에 놓인 그 같은 짐을 밀면서 한평생 살아가야 한다.

인간은 필연이라 불리는 허울 좋은 운명에 순응한 나머지 좀먹거나 녹이 슬거나 도둑이 들어와 훔쳐 갈 재화를 모으는 일에 정신을 팔고 있다.

– 헨리 데이비드 소로의 《월든》 중에서

젊은 예술가가
넘쳐나게 된
진짜 이유

참 이상하지 않아? 우리 주변에 왜 이렇게 젊은 예술가, 더 정확히 말하자면 젊은 예술 전공자들이 많은지 말이야.

아이들의 장래희망 순위에는 어김없이 가수, 디자이너, 배우, 웹툰 작가와 같은 예술가가 빠지지 않고, 미디어에서 소비되는 대다수가 젊은 예술가 천지인 세상. 도대체 얼마나 많은 젊은이들이 예술을 전공하고 예술가로 활동하고 있는 것일까?

나는 요즘 젊은 예술가들을 대상으로 강의할 때나 젊은 예술가와 관련한 정책에 대한 자문을 요청받을 때면 애써 이 불편한 이야기를 펼쳐놓곤 해. 아무리 생각해도 이것은 예술계의 수요와 공급에 관한 아주 중요한 이야기거든. 즉 지금 젊은 예술가들이 먹고살 만한 '자리'가 있느냐 없느냐 하는 문제와 직결되는 큰 이슈란 말이야. 속사정은 잘 알지도 못하면서 요즘 젊은 예술가들에 대해 이러쿵저러쿵 겉핥기식 이야기만 하는 것을 두고 볼 수 없기 때문이기도 하고.

한마디로 결론을 요약하자면

'우리나라 사립대학 정책의 생산품이자 소모품, 젊은 예술가'

젊은 예술가가 넘쳐나는 이유

한국의 놀라운 교육열을 한번 생각해보자. 학령기 인구가 늘어난 시기 우후죽순 전국에 대학을 만드는 현상이 나타났어. 대학들은 때마침 사람이 몰릴 만한(한마디로 돈이 될 만한) 전공으로 예술과 관련된 학과들을 정신없이 만들어냈지. 우리나라 대학 진학률은 이미 70%를 넘고 있어. 이는 학생들이 공부를 잘해서 대학에 많이 들어가는 것이 아니라, 대학의 수가 입학하려는 학생 수의 70%를 받을 수 있을 만큼 많다는 거야. 아무 학교 아무 과라도 대학은 꼭 나와야만 사람 구실 한다는 전통적 인식이 한몫한 거지.

이 사태의 주범은 김영삼 정부가 도입한 '대학설립 준칙주의'

라고 할 수 있어. 이 정책에 따라 1996년부터 단 4가지 요건(땅 + 교사 + 교원 + 수익용 기본재산)만 충족하면 누구든지 자유롭게 대학을 설립할 수 있게 되었거든. 경제가 발전하고 대학에 가고자 하는 사람이 늘어나면서 대학도 장사의 일부로 보는 신자유주의적 시장 논리가 교육정책과 환경을 바꿔놓게 된 거야.

그러한 탓에 2013년 이 정책이 폐지될 때까지 전국에는 엄청난 수의 사립대학들이 생겨났어. 그 결과 현재 우리나라 전체 대학의 85%를 사립대가 차지하게 되었지. 그즈음 'K팝스타'와 같은 오디션 프로그램들이 인기를 끌었던 거 기억나? 2013년 대학 수학능력시험 지원생이 약 67만 명이었는데 그 해 가수가 되겠다고 'K팝스타'에 출사표를 던진 지원자가 200만 명이 넘었어. 대학에 실용음악과가 빠르게 늘어난 배경을 이제 좀 이해할 수 있을 거야.

물론 학교법인도 재정적자를 보아서는 안 될 하나의 기업이야. 그럼에도 학교 수입원이 다양한 미국이나 유럽에 비해 우리나라는 등록금 의존도가 높다는 문제, 학교의 재정건전성과 자율성 문제 등 파고들어야 할 것도 많아. 게다가 90년대 후반부터 최근까지 대학들이 돈이 되는 전공으로 예술 관련 학과들을 만들고 젊은 예술 전공자들을 쏟아낸 것만큼은 부정할 수 없는, 뼈 때리는 현실이지.

이렇게 국가와 대학이 함께 시장 논리를 따르는 개혁의 폭풍 속으로 들어가면서 대학의 민주화가 오히려 후퇴의 길을 걸었다고 평가하고 있어.[1] 1965년 3.3%였던 4년제 대학 진학률이 현재 70%를 넘었어. 전 세계 최상위권이지. 반면 우리나라 대학 교육 경쟁력은? 2022년 평가 대상 63개국 중 46위야. 하위권이지. 체감상 예술대학의 교육 수준도 갈수록 낮아지고 말이야.

100명이 졸업하면 10명이 예술 전공자

그거 알아? 1960년대 홍익대학교 미대는 '미술학과' 단 하나였다는 거. 현재는 미술을 쪼개고 디자인을 쪼개어 십수 개의 학과로 늘어났어. 전국에 다 해 봤자 다섯 손가락에 꼽히던 연극영화과는 현재 전국 80여 개가 넘는 대학에서 운영되면서 매년 수천 명의 연기자를 배출하고 있어. 미술과 공연만이 아니야. 음악, 무용, 한국무용, 국악, 대중예술까지 사립대학이 팽창해온 지난 20여 년간 이 작은 나라에서 100명이 대학을 졸업하면 최소 10명 이상은 예술학도였던 거야!

예전에는 미술대학, 음악대학, 연극대학이 몇 개 없었기 때문에 입학 자체가 어려웠거든. 그래서 졸업만으로도 수준급의 예술가 반열에 드는 것이 어렵지 않았어. 서로를 알고 끌어주는 것 또한 쉬웠을 거야. 그렇지만 지금은 공대나 자연대나 인문대나 사회과학대를 졸업한 청년들 수만큼이나 많은 예술 전공자들이 쏟아져 나와서 오늘, 동시대를 살아가고 있단 얘기지.

그런데 과연 지난 20년간 쏟아져 나온 예술가의 수와 비례해서 우리나라 예술시장도 10배, 20배 커졌을까? 우리나라 미술품을 사줄 시장이 그만큼 커졌을까? 우리나라 연극계는 대학로를 넘어서 전국으로 확장되었을까?

물론 연극영화계가 무대를 넘어 TV, 영화, OTT(온라인 동영상 서비스)로 커졌다고, 그러니 배우 지망생들에게 용기 내어 도전하라고 쉽게 말할 수도 있을 거야. 하지만 연극도 미술도 무용도 국악과 한국무용도 절대적인 인적 규모로 본다면 어떨까? 올해도 내년에도 내후년에도 매년 전국 수백 개 학과에서 쏟아져 나오는 예술 전공자들을 받아줄 예술시장이 대한민국 현실에 과연 존재할까? 소수의 스타 예술가와 절대다수의 배고픈 예술가들만 남아있는 것은 아닐까?

현진건의 단편소설 〈빈처〉(1921년 발표)의 소설가 남편과 같이

아내나 가족의 도움을 받아 사는 예술가도 있고, 박완서의 소설
《나목》(1970년 발표)의 화가 옥희도처럼 억지로 상업적 작업을 병행
해야만 하는 예술가도 있고, 심지어 이승은 작가의 《도망치는 연
인》(2023년 발표)에서의 희곡작가 태오와 그의 연인인 배우 지수처
럼 빚에 허덕이며 아르바이트를 감내하다 결국 범죄에 휘말리는
지경에 이르는 예술가도 있는데, 그대는 어느 소설, 어느 주인공
의 모습일까? 세월이 흘러도 예술가의 초상은 소설 속에서나 소
설 밖 현실에서나 한결같이 가난하여 마음이 시리곤 해.

내 인생을 마주할 용기

젊은 예술가들은 바로 여기서 그동안 왜 주변에 젊은 예술가
들이 그렇게 많았는가에 대한 '인식'과, 그래서 지원사업이나 오
디션을 통한 예술계 진입 경쟁률이 엄청날 수밖에 없었구나 하
는 '이해'가 동시에 생겨나야 해. 단순히 주변 젊은 예술가들을
경계나 경쟁의 대상으로만 삼아서도 안 되고, 늘 지원사업이나
오디션에서 떨어지는 상황을 나 자신의 문제로만 삼아서도 안
된다는 이야기야. 지금 젊은 예술가들의 현실은 우리나라 사립
대학의 역사와 높은 대학 진학률, 예술가에 대한 열망 등이 한데

뒤섞여 만들어진 다소 괴상한 산출물이니까.

그래서 강의에서 예술대학의 공급 과잉에 대해 이야기할 때면, 나는 그 끝에 꼭 젊은 예술가들이 늦지 않게 자신을 발견해내기를 바란다는 사족을 달곤 해. 야구를 좋아한다고 해서 쉽게 체육 전공을 하지 않고, 치킨을 좋아한다고 해서 선뜻 요리를 전공이자 꿈으로 삼지 않잖아. 그런데 참 이상하게도 예술계만큼은 힙합이 좋아서, 뮤지컬이 좋아서, 그림 그리는 게 좋아서⋯, 그저 좋다는 이유만으로 입학금을 기다리며 활짝 열어놓은 예술대학의 문으로 자신의 인생을 집어넣은 청춘이 유난히 많기 때문이야.

어린 시절 막연하게 품었던 꿈 따라 대학에 갔을 수도 있고, 수능 점수에 맞춰 적당히 예술대학에 진학했을 수도 있을 거야. 하지만 이제 자신을 바라볼 줄 아는 어른이 되었다면 좋아하는 것을 하는 것과 그것으로 생계를 꾸리는 것은 전혀 다른 차원이라는 걸 이해할 때야. 그렇게 차고 넘치는 대한민국의 무수한 예술가들 속에 서 있는 나 자신을 마주할 때, 좋아하는 치킨을 튀기면서 살 것인지 배달시켜 먹으며 살 것인지 결정할 수 있는 용기, 내 소중한 인생을 제대로 해석하고 풀어나갈 용기도 생겨날 테니까.

대한민국 예대 입시와 예술대학은
예술가를
어떻게 만들었나

　몇 년 전 각 분야 영재 아동을 소개하던 TV 프로그램이 있었어. 여기서 미술에 뛰어난 재능을 보이고 자기만의 스타일로 작업을 하던 아이가 소개되었는데 영상 클립이 유튜브로 공개되자 댓글이 한가득 달렸어. 요약해보면 다음과 같아.

　아이를 절대 입시 미술학원에 보내지 마세요.
　외국으로 보내세요, 한국 미술대학은 절대 보내지 마세요. 안 그러면 창의성과 자기 색이 다 사라집니다.

　댓글을 쓴 사람들의 증언과 조언이 제법 상세했던 것을 보면 대부분은 한국에서의 미대 입시와 미대 생활을 경험해본 사람들이거나 그들의 주변 지인들이었을 테야. 그런데 도대체 대한민국 예대 입시와 예술대학이 어떠하길래 창의적인 영재들은 절대로 한국에서 예대 입시를 하지 말라고 말리는 걸까?

천편일률적인 예술대학 입시제도

우리나라 예술대학 입시는 시기마다 학교마다 이런저런 변화가 있어왔어. 하지만 사실 80여 년 전 일제강점기의 영향을 지금까지도 계속 받고 있어. 1940년대 초에 예술대학들이 설립되었는데, 그때 일본에서 유학한 교수들이 일본의 입시제도를 가져왔고 그게 지금까지 이어지는 거야.

예를 들어 미술대학 입시제도의 경우 일본은 당시 19세기 말 프랑스 미술학교 보자르Beaux-Arts의 사실주의적 데생과 회화 기법을 수용하였는데 그걸 우리가 그대로 유입했다고 할 수 있어. 짧은 시간에 판가름 나는 무용이나 음대 입시 실기제도도 마찬가지고. 이런 천편일률적인 예술대학의 입시제도는 획일성과 창의성 저하의 원인으로 꾸준히 비판을 받아왔지. 그럼에도 바뀌지 않고 지금까지 이어진 것은 왜일까?

한 연구에 따르면 이 같은 입시 형식이 "한국인의 뜨거운 교육열, 치열한 경쟁, 잦은 비리를 방지할 수 있는 가장 객관적이고 공정한 방식이라는 인식과 효율성"에 기인한다고 설명하고 있어.[2] 창의적인 미래 예술가를 양성하기 위해 좀 더 다양한 입시 제도로 탈바꿈해야 한다는 의견이 해마다 나오고 있지만, 다양한 방식으로의 변화 대신 수십 년째 덮어두고 가는 편한 길을 고수하고 있는 것은 아닌지 아쉬운 부분이야.

정도의 차이가 있을 뿐 예술계 대학이 거의 비슷한 상황이다. 예술계 교수들의 힘은 주관적 평가에서 나온다. 예술 창작에는 정답이 없는 만큼 교수들이 특정 학생의 예술적 성취도를 높이 평가할 때 다른 사람이 시비를 걸기 어렵다. 무명의 예술지망생에게 교수는 자신의 장래를 좌우할 수 있는 하늘 같은 존재다. […] 피해자는 오늘도 예술가의 꿈을 키워가는 젊은이들이다. 예술세계에도 정의는 필요하다. 예술 교수가 예술에 침 뱉는 듯한 행태를 그냥 두고 보기 어렵다.

– 동아일보 [홍찬식 칼럼][3] 중에서

불가능에 가까운 창의적인 수업

문제는 기술 중심의 교육이 입시 이후 예술대학에서도 이어진다는 점이야. 앞에서 이야기한 것처럼 우리나라 사립대학마다 예술 관련 학과들이 우후죽순 생겨나면서 교수진의 질과 수업의 질, 연구의 질도 하향평준화된 것을 부정할 수 없어.(태릉선수촌이 단 한 곳일 때와 전국 동네마다 들어섰을 때 모이는 선수와 코치, 감독진들의 차이를 생각하면 쉽게 이해할 수 있을 거야.)

레너드 코렌의 《예술가란 무엇인가》(안그라픽스, 2021)에서는 예술가에 대해 "①예술을 규정하고, ②무에서 유를 창조하며, ③인간 세상에 색다른 시각적 경험을 선사하고, ④특별한 방식으로 사물을 바라보게 하며, ⑤사물을 의미 있게 만들고, ⑥어떤 결과가 빚어지든 예술가로서 할 일을 해야 하는 존재"라고 여섯 가지 역할을 이야기해. 그렇다면 비록 창의적 역량을 키우는 방식의 예대 입시는 불가능했다 하더라도 본격적으로 예술가를 양성하는 예술대학은 젊은 예술가들에게 이런 역량을 키워줘야 하는 게 아닐까?

하지만 아쉽게도 예대 입시를 겪으며 이미 수동적으로 만들어진 학생들을 데리고 같은 예대 입시를 겪은 교수진들이 창의적인 수업을 한다는 것은 거의 불가능에 가까운 일이야. 입시 활동의 연장선과 같이 지난하고도 밀도 높은 과제와 정규적인 활동에 매몰되곤 하지. 예술가는 당연히 창의적일 것이라 생각하는 일반적인 기대에 비해 예술대학들은 상대적으로 여전히 전수적, 전통적 기술에 집중하고 있기 때문이야. 음악, 무용, 연극, 국악, 한국무용, 실용음악 등 공연예술 전공자들은 정기공연이나 연주회 준비만 해도 정신없다 보니 창의·창작의 영역, 사회와 소통하는 영역, 사유하는 영역은 개인의 몫으로 오롯이 떠안기 일쑤지.

그래서일까, 간혹 유학파 교수님들이 기발하고 창의적인 확장형 수업을 하면 학생들은 그 시간을 좋아하면서도 동시에 수업을 어색하고 어렵게 느끼곤 해. 결국 예술대학 졸업자들은 다양한 지원사업에 도전하거나 예술교육자가 되거나 자신의 작업을 본격적으로 시작할 때에야 비로소 창의적으로 사고하고 창작하는 교육이 한참 부족했음을 깨닫고 안타까워하지.

오랜 역사와 문화적 배경을 가진 예술대학 입시와 교육 환경을 단순하게 동서양의 이분법적 기준으로 나눌 수는 없을 거야. 그럼에도 동양, 특히 한국, 중국, 일본에서는 전통적이고 기술적인 예술에 중심을 두고 이를 평가하고 가르치는 경향이 커. 이에 비해 서양, 특히 미국, 프랑스 등에서는 예술가 개개인의 창의성과 독창성, 비전을 중시하고 이를 보여줄 수 있는 포트폴리오와 인터뷰 등에 중점을 두지. 현대를 살아가는 예술가에게 좀 더 실험적이고 창의적인 역량이 중요하다는 데 이견이 없다면 어떤 입시와 교육이 더 예술적인가는 명확하게 보일 거야.

예술가로서의 아이덴티티

한국에서 젊은 예술가로 산다는 건 이토록 어려운 일이야. 기술적이고 일률적인 예술대학 입시를 통과해서 창조보다는 기능 중심의 보수적인 교육을 받고 기껏 졸업했는데, '예술가'라는 타이틀을 단 순간 더 이상 기술적인 실력이 아닌 그 너머의 창의적이고 실험적인 역량을 요구받고 평가받게 되니 말이야.

결국 예술가로 사는 방법은, 애초에 안정적인 월급생활자인 교수님들은 절대 가르쳐줄 수 없는 부분이었는지도 몰라.

물론 힘든 가운데서도 입시 시절이나 대학 시절 좋았던 추억도 분명히 있을 거야. 밤샘 과제를 하고 나서 뜨는 해를 보며 마시는 모닝커피의 따뜻함, 지독히도 안 되던 부분을 반복 또 반복 연습으로 해결하고 칭찬받은 순간, 동기들과 치열하게 준비한 연주회의 피날레…

　우리의 학창시절 전체를 부정적으로 봐서는 안 되겠지만, 적어도 발달심리학자 에릭 에릭슨이 말하듯 청소년기(12~24세의 청년기와 소년기로 인간의 발달단계 중 5단계)의 중요한 과업이 바로 자기만의 아이덴티티$^{ego\text{-}identity}$를 형성하는 데 있다고 할 때, 특히 예술가로 살아갈 우리의 아이덴티티를 형성하는 데 우리의 입시와 교육이 얼마나 기여했는지 한번 돌아볼 필요가 있어. 아이덴티티의 결여는 성인기 내내 자신의 존재와 역할, 선택에 대해 쉽게 불안해하거나 무턱대고 남과 비교하거나 남을 부러워하는 등의 역할 혼란을 불러오기 때문이야. 나 역시 내 안에 아직 다 자라지 못하고 경계에 머물러 있는 부분들을 만나곤 해. 그럴 때면 청소년 시기에 누군가가 나의 예술가적 아이덴티티를 형성하도록 도와주고 이끌어주었다면 어땠을까 하는 아쉬움이 남아.

　그러니 부디 예술대학 입시를 통과했다고 해서, 예술대학을 나왔다고 해서, 예술가로 살 준비가 되었다는 막연한 환상은 내려놓길 바라. 오히려 가장 중요한 시기에 맞닥뜨린 교육 현실을 직시하면서 나다운 예술가로 살기 위한 내용들을 보충학습 해야 해. 그것도 자습으로 말이야!

다시 돌아간다 해도
예술을
할 것인가

초등학생들의 장래 희망 상위권이 대부분 가수, 디자이너, 배우, 웹툰작가, 래퍼, 댄서 등 예술가라고 해. 참 이상하지. 예술가로 산다는 게 결코 녹록지 않은데 도대체 아이들은 왜 예술이 하고 싶을까? 아마 어린 시절 화가, 가수, 디자이너, 배우 한번 꿈꾸지 않은 사람은 없을 거야. 비록 지금은 예술과 거리가 먼 삶을 살고 있다고 하더라도 말이야.

누군가 예술을 하고 싶다고 하거든

실제로 학부모님들을 대상으로 강연을 할 때면 "아이가 예술을 하고 싶어 하는데 어떻게 해야 하나요?"라는 질문을 많이 받게 돼. 재미있는 건 질문 앞에 붙는 문장을 보면 어떤 의도에서 질문하는지, 그리고 어떤 답변을 원하는지 알 수 있다는 거야.

만약 "우리 아이가 어릴 때부터 종일 그림을 그리곤 하는데 곧잘 그린다는 이야기도 많이 듣는데요~."라고 시작하면 예술을 시키고 싶은데 '어떻게 해야 잘 시킬 수 있느냐'는 얘기지. 반면 "우리 아이가 가수가 되고 싶다는데, 그 길이 보통 어려운 게 아니잖아요~."라고 시작한다면 예술을 시키고 싶지 않은데 '어떻게 해야 말릴 수 있느냐'는 질문이야.

아이가 아직 어리다면 수백 번 바뀌는 장래희망 가운데 하나일 테니 그저 지지하고 관심 있게 지켜봐 주시라고 대답하지. 그런데 만일 아이가 초등학교 고학년이나 청소년기라면, 휴우! 그래. 아주 곤란한 질문 중 하나야. 한 사람의 미래와 인생이 달려 있는 거잖아. 내 대답이 얼마나 영향력이 있을지는 모르지만, 그래도 무슨 짜장면도 아니고 예술을 시켜라, 시키지 말라 어떻게 그 자리에서 정해줄 수 있겠냐고.

그래서 고민에 고민을 하다 결국 이렇게 대답하기 시작했지.

"아이가 예술을 하고 싶다고 하거든

다음 두 가지를 질문해보세요.

첫째, 평생 하루 8시간씩 그 일을 할 수 있는지.

둘째, 평생 한 달에 100만 원만 벌어도 되는지 말입니다."

질문이 극단적인 것 인정해. 그런데 나름대로 얼마나 효과적인 기준이 되어주는지 몰라. 실제 영아티스트 멘토링에서 예술가가 되고 싶다고 찾아오는 아이들에게 이 질문들을 던져보거든. 그러면 아이들이 아무리 예술을 운명이니 꿈이니 온갖 찬사로 포장하더라도 진짜 동기와 목적을 쉽게 알아낼 수 있지.

한 달에 100만 원만 벌어도 괜찮아?

가수가 되고 싶어서 실용음악학원에 보내달라는 중학교 3학년 김 군의 얘기를 한번 들어볼까?

나 : ○○아, 선생님이 두 가지만 물어볼게. 첫 번째는 만약 네가 가수가 돼서 한 달에 100만 원만 벌게 돼도 괜찮을까? 그것도 평생?

아이 : 100만 원요? 음… 뜨기 전에는 돈을 못 벌겠지만 뜨고 나면 훨씬 많이 벌 수 있잖아요. 100만 원만 갖고 어떻게 살아요?

나 : 맞아. 누구나 예술가가 돼서 뜨고, 유명해지고, 돈도 많이 벌면 얼마나 좋겠어. 그런데 예술가, 그리고 가수 중에도 그런 사람은 아주 소수란다. 심지어 한 달에 100만 원도 벌지 못하는 사람이 얼마나 많은데.

아이 : 헐~ 100만 원도 못 버는데 그럼 예술을 왜 해요?

나 : 그냥 노래가 좋아서, 자기 노래를 들려주고 싶어서 가수를 하고 예술을 하는 사람들도 아주 많아.

아이 : 에이, 돈이 없으면 어떻게 살아요. 텔레비전에 나오는 가수들 보세요. 전부 좋은 집에 살고, 좋은 차 타고 다니잖아요. 저도 그렇게 될 거예요.

이 질문은 알다시피 이 아이의 타고난 재능이나 소질과는 크게 관련 없는 질문이야. 그건 결국 오디션에서 증명되는 것이니까. 다만 20~30년만 살고 죽을 인생이 아니라면, 최소 60년에서 길면 100년 평생 예술과 지지고 볶아야 하는 그 지난한 삶에 대한, 그리고 그 사이 찾아올 수 있는 그 변덕스러운 마음에 대해 누군가는 물어봐 주어야 하는 의무를 이행하는 것이지. 물론 옳고 그른 답변은 없어. 다만 답변하는 친구가 인생에서 소중하게 여기는 것이 무엇인지를 확인하고, 그 꿈을 위해 노력해야 하는 긴 시간을 견딜 수 있는가, 뼈 때리며 건드려보는 거야.

"돈이 없으면 어떻게 살아요."라는 아이는 정말 예술을 하다 돈이 떨어지면 견디지 못할 가능성이 크겠지. 그렇다면 도박에서 이길 확률같이 희박한 예술가로서의 재정적 성공보다 안정적인 월급을 받는 직업을 갖게 아이를 도와주어야 할 거야. "아무도 알아주지 않으면 무슨 소용이 있어요."라고 하는 아이는 유명세와 인기가 사그라지면 자신의 삶도 소용없다고 느낄 가능성이 높지. 그러니 다른 사람의 인정과 나의 예술을 한다는 것이 과연 어떤 관련이 있는지 냉정하게 현실을 알려주고 도와줄 필요가 있어. 결국 월 100만 원만 벌어도 괜찮냐는 질문은 예술가라는 직업을 통해 과연 무엇을 기대하느냐를 묻고자 하는 것이야.

매일 하루 8시간 연습할 수 있어?

나 : 그럼 두 번째 질문을 해볼게. 너는 평생 하루 8시간 동안 연습하고 음악 공부하고 노래하며 살 수 있어?

아이 : 왜 하루 8시간이에요?

나 : 모든 직장인이 하루 평균 일하는 시간이 점심시간 빼고 8시간 정도거든. 9시에 출근해서 6시에 퇴근하니까. 그런데 예술가도 엄연한 직업이잖아. 그러니 하루 8시간은 연습하고 노래해야 제대로 일을 하는 것이고, 그래야 전문성을 가질 수 있겠지?

아이 : 음… 보컬학원에 가면 두 시간, 정말 많이 해야 네 시간인데 그것도 얼마나 힘든지 아세요? 하루 8시간, 그것도 평생이라 니 좀 너무한 것 같아요. 텔레비전에 나오는 가수들은 매일 늦잠 자고 맛있는 거 먹고 그러다 공연하고 그러지 않나요?

두 번째 질문, 하루 8시간 그 일을 할 수 있느냐는 질문을 해보면 '예술가'라는 직업을 어떻게 인식하고 있는지 알 수 있어. 예술가에게 반짝이고 화려한 순간은 아주 짧아. 오히려 평범하고 지루하고 때로는 하기 싫은 것을 울면서 견뎌내기도 해야 하는 지난한 생활이자 직업으로서 인식하는 것이 중요해. 그렇지만 지금까지 만나본 수많은 젊은 예술가들 가운데 하루 8시간 온전히 자기 작품을 위해 연습하고 작업하면서 보내는 예술가는 열 손가락에 꼽을 정도야.

37년간 매일 14시간씩 연습했는데
사람들은 나를 천재라고 부른다.

- 스페인의 바이올리니스트이자 작곡가, 파블로 사라사테

하루 8시간 아이디어를 궁리하고, 부족한 부분을 다시 또 다시 연습하고, 엉덩이를 붙이고 앉아 작업하는 것 아주 어려운 일 같지만 사실은 그대들 나이의 또래, 평범한 직장인들이 모두 최저임금 이상을 받기 위해 매일 하고 있는 일인걸. 추운 날에도 더운 날에도, 일어나기 싫은 날이나 술 마신 다음 날에도 모두들 그렇게 8시간씩 일해서 월급을 받고 생계를 꾸려나가고 있어. 그대들 예술가에게도 시간은 공평하고 또 냉정하게 주어져. 예술가라고 해서 하루 두어 시간 작업하고도 천재적인 결과물이 생겨나는 마법은 없다는 얘기야. 가끔 찾아오는 번뜩이는 영감? 그 또한 결국은 오래 엉덩이 붙이고 앉아 고민하고 노력한 끝에 주어지는 습관과 학습의 선물인 거니까.

아직도 예술이 좋다면

자, 그대들은 어때? 만약에 말이야, 청소년기 혹은 더 어릴 때,

그대가 예술의 길에 접어들던 그 시기에 누군가가 이런 질문을 던졌다면 뭐라고 대답했을까? 지금 그대들의 삶은 바뀌어 있을까, 여전히 지금과 같은 길을 가고 있을까? 늦지 않았어. 지금이라도 자신에게 물어보면 돼.

그대들, 요즘 하루 8시간 자신의 예술에 관련된 연습과 작업을 하고 있어? 그 이상이라면 건강을 조심하고, 그 이하라면 반성하거나 진지하게 다른 길을 생각해볼 것을 권해. 그대들, 월 100만 원만 벌어도 괜찮을 수 있고? 이미 예술만으로 월 100만 원 이상을 벌고 있다면 축하해! 그런데 만약 하루 8시간 작업하고 있음에도 월 100만 원보다 적게 벌고 있다면 이 질문 자체만으로도 깊은 사과의 뜻을 전하고 싶어.

그러나 알고 보면 우리 모두 소득이 꽤 괜찮은 달, 전혀 없는 달을 시소 타고 있을 테니 그냥 서로를 다독이자고! 연평균 말고, 생애 평균으로 하루 8시간, 월 100만 원으로 퉁 치면서 조금이나마 마음이 괜찮아지기를 바라. 그래, 뭐 더 잘 번다고 밥 30끼, 300끼 먹는 거 아니고 더 잘 번다고 한 번에 집 10채에서 머무를 수 있는 것도 아니니까. 밥 거르지 않고 등 대고 몸 누일 곳 있다면, 그럼에도 그대의 일을 오래도록 하는 게 좋다면, 그리고 여태 잘 버티면서 유난히 나에게만 아무 일도 일어나지 않는 평범하고 지루한 날들을 잘 살아내고 있다면, 그대는 분명 청소년기에 저 질문을 받았다 하더라도 "네."라고 대답하고는 그대의 예술을 하는 진정한 '예술가'가 되어 있을 테니 말이야.

비 오는 일요일 오후에 뭘 해야 할지도 모르는
수많은 사람들이 불멸을 갈망한다

– 수잔 에르츠

어쩌다 예술을 했어도

……

숱한 밤 현실 고민

예술가로
성공한다는 것의
진정한 의미

성공이란 무엇일까. 단연 돈과 명예가 떠오르겠지. 우리가 TV, 유튜브, 다양한 채널을 통해 만나는 이른바 '성공했다고 하는 사람들'은 하나같이 부자고 유명하고 명예로우니까. 특히나 최근 자기계발과 관련된 책, 영상, 강연, 모임 등이 범람하면서 '성공=부'로 여기는 경향이 과해지고 있어. 하지만 여기에는 젊은 예술가가 꼭 알아야 할 몇 가지 함정이 있어.

성공=부?

우선 자기계발은 치열한 환경에서 성공한 사람들을 모방하고자 하는 자본주의적 욕망에서 출발하고 있다는 점이야. 자기계발은 개인의 역량을 끌어내고 더 나은 삶을 살게 도와준다는 점에서 긍정적인 영향을 줄 수 있어. 그렇지만 자본주의 사회에서 성공은 곧 부라는 공식으로 편향되다 보니 돈 외의 다른 가치들은 외면받기 쉬운 상황에 처해버렸지. 이는 부가 아닌 다양하고 소중한 가치를 추구하는 직업을 가진 이들에게까지 영향을 끼치곤 해. 자신의 가치와 신념을 의심하거나 소홀히 하게 되는가 하면, 자기계발과 자기중심적 성향을 지나치게 중시한 나머지 타인의 필요와 가치를 잊기도 하지. 또 완벽한 모델과 사례를 기준으로 삼다 보니 자신이 그 완벽한 기준에 미치지 못한다고 느껴지면 자존감이 낮아지거나 스트레스를 강하게 받는 부작용이 생길 수도 있어. 부와 명예는 제한이 없어서 모두가 가져갈 수 있다고는 하지만, 오직 돈만이 직업적 성공의 잣대가 된다면 세상은 결코 올곧게 흐르지 못할 거야.

스승으로서의 성공은 돈보다 제자이고, 성직자로서의 성공은 돈보다 전도이며, 구조대원으로서의 성공은 돈보다 생명이어야 하는 것 아닐까? 부 외에도 소중한 가치가 많다고, 그 가치를 기꺼이 추구해야 하는 사람도 그런 직업도 있는 것이라고 말한다면, 오직 부가 목표인 자기계발 추종자들은 아마 "그렇게 생각하니 당신은 부자가 될 수 없는 것입니다!"라고 말할 거야.

그러나 우리 젊은 예술가들만큼은 종종 혼동되는 '성공=부'의 공식을 단호히 깨부숴야 해. 성공은 개인의 목표와 가치에 따라서 예술적 성공, 가정적 성공, 인간관계적 성공, 건강적 성공과 같이 다양한 영역에서 여러 기준을 통해 이룰 수 있는 것이거든. 반면 부라는 것은 오로지 재정적인 단 한 가지 측면, 즉 돈과 재산의 보유량만을 기준으로 삼는 것이야. 물론 돈은 다양한 영역의 성공을 이루는 데 기반이 되고 좀 더 편리한 삶을 사는 데 분명 도움을 줄 수 있어. 그렇지만 부를 가진 사람이 반드시 모든 영역에서 성공했다고 볼 수는 없어. 부를 가졌지만 다른 영역에서 실패하고 고통받는 사람들을 우리는 이미 많이 보아왔으니까.

성공

목적하는 바를 이룸(표준국어대사전)

원하거나 희망하는 결과의 달성, 긍정적인 결과를 얻는 것(케임브리지 사전)

예술가에게 성공이란

그대들이 '성공'과 '부'가 같은 뜻이 아님을, 그 차이를 이해하기 위해서는 우선 개인적인 목표와 가치를 반드시 고려해야만 해. 나 자신이 어떠한 목표를 갖고 있고 어떠한 가치를 가장 소중히 여기는지를 먼저 파악해야 하는 거야. 예술가는 예술가이기 이전에 누군가의 배우자, 친구, 국민, 사회구성원, 지구인이잖아. 그러니까 저마다 '다양한 영역에서의 성공'을 위한 다양한 목표와 가치를 세울 수 있겠지.

그러니 이제 다시 정의해보자! '예술가의 성공'이란 삶에서 마주할 수 있는 여러 가지 다양한 성공 중 하나로, '예술가라는 직업적인 영역에서의 성공'이라고 풀어 이야기할 수 있어.

그렇다면 '예술가라는 직업적인 영역에서의 성공'이란 무엇일까? 이에 대한 답을 찾기 위해서는 시대마다 예술가의 성공이 무엇을 의미했으며 어떻게 바뀌어왔는지 살펴봐야 해.

르네상스 이전까지 예술은 기술적으로 잘 숙련된 능력으로 여겨졌어. 부유한 후원자들은 자신의 권력과 부를 다양한 예술을 통해 드러내고자 했고, 예술가들은 의뢰가 온 작품을 얼마나 아름답고 능숙하게 만들어내느냐에 다음 의뢰를 받을 기회가 달려 있었지. 즉 과거의 예술가에게 성공은 후원자들의 요구와 취향, 선호에 부응할 수 있는 기술적 능력과 밀접한 연관이 있었어.

르네상스 시대에 들어서자 예술가의 성공은 조금 다른 의미를 갖게 됐어. 이 시기 예술가들은 기술적인 능력과 숙련뿐만 아니라 고전적인 주제와 신화에 대한 지식까지 갖추어야 했어. 숙련된 기술과 해박한 지식을 바탕으로 새로운 기법을 탐구하고 표현의 경계를 넓히는 것이 예술가로서의 주요한 업적이었기 때문이야. 이 역량에 따라 부유층과 종교계의 권위 있는 후원자들을 확보할 수 있었지. 든든한 후원자를 둔 예술가들은 당연히 안정된 생활을 하며 예술에만 온전히 전념할 수 있었어.

현대는 어떨까? 오늘날 예술가의 성공에 대한 정의는 아주 다양하고 복잡해졌어. 예술은 더 이상 사치재가 아니라 누구나 누릴 수 있는 것이라는, 예술의 민주주의가 일반화됐어. 여기에 개인주의의 부상, 다양한 매체들의 개발로 인해 전통적인 예술가와 권력 간의 관계가 무너지고 있어. 예술가들은 다양한 분야에서 목소리를 내고 있고, 예술가 스스로가 후원자 없이 부와 명예를 얻는 것 또한 가능해지기 시작했어. 한편으로는 급격히 이루어진 산업화와 양극화에 대한 저항으로 예술계에 '성공'에 대한 정의를 부에서 찾지 않는 분위기도 생겨났고 말이야.

보노의 레드 캠페인

음악은 사람을 변화시킬 수 있기 때문에
세상을 변화시킬 수 있다

- 록밴드 U2의 리드보컬, 보노

아일랜드 출신으로 세계적인 인기를 얻은 록밴드 U2의 리드보컬 보노는 예술가로서 사회 변화를 위해 힘을 아끼지 않았어. 양극화에 대한 저항으로 빈곤 국가의 부채탕감을 돕기도 하고, 산업화의 폐해로 인한 환경 문제 해결에 앞장서기도 했지. 또 빈곤 국가의 에이즈 문제를 알리고 해결하기 위해 2006년부터 시작한 레드 캠페인Red Campaign*은 세계적으로 큰 영향력을 끼쳤어. 보노는 노벨평화상 후보로도 자주 언급될 만큼 성공한 예술가이자 사회운동가, 인플루언서의 삶을 살고 있지.

결국 예술가의 직업적 성공에 대한 정의는 하나로 규정할 수

---

* 보노가 에이즈 퇴치를 위한 자선기금 마련을 목적으로 시작한 사회공헌 프로그램으로 애플, 나이키, 코카콜라 등 유수의 브랜드가 함께 참여하고 있다. 특히 애플은 별도의 레드 에디션으로 제품을 출시하고 '앱스 포 레드(Apps for RED)'를 통해 캠페인을 진행하여 큰 화제를 모으기도 했다.

있는 것이 아니라 시대와 문화에 따라 역동적으로 변화하는 것이라 할 수 있어. 어떤 예술가들은 다양한 문화권의 작품과 배경을 기반으로 독창적인 스타일을 구축하면서 성공의 새로운 기준이 되고 있기도 하지.

또 플랫폼에서 영향력을 끼치는 예술가도 있어. 지금은 디지털 시대잖아. 예술가들도 인터넷과 소셜미디어 등 다양한 방식으로 작품을 넘어 관객과 소통할 수 있는 기회가 생겼어. 그러다 보니 작가 개인이 플랫폼을 통해 작품으로 또는 다양한 활동으로 문화적인 영향력을 끼치는 예술계 인플루언서들이 부상했지. 예술가들이 자신의 작품을 통해 사회 문제에 대한 메시지를 전하고 참여하는 것 또한 성공의 하나로 간주할 수 있어. 환경이나 반전, 공정, 다문화주의 같은 주제를 적극적으로 작품에서 다루고 강조하는 거야.

예술가의 직업적 성공은 경제적인 측면에서도 생각해볼 수 있어. 작품이 얼마나 팔렸는지, 얼마에 팔렸는지, 초청 기회가 얼마나 잦은지, 후원을 얼마나 받는지 등으로 가늠해볼 수 있지. 또한 명예와 명성으로 성공을 평가받기도 해. 특히 대중예술의 경우 대중 인지도와 인기가 성공의 가장 큰 척도로 여겨지기도 하지.

현대 젊은 예술가들에게 성공은 매우 개인적인 여정이야.

결국 예술가는 모두 각자의 고유한 동기와 목표, 열망, 척도를 바탕으로 직업과 삶에 있어서 성공에 대한 나만의 정의를 내려야 해. 당장 한번 고민해볼까?

그대는 그대 삶의 수많은 영역에서 어떠한 것을 성공이라는 목표로 삼고 싶어? 그리고 그 다양한 영역 중 하나인 '예술가라는 직업적인 영역에서의 성공'에는 어떠한 동기와 목표를 세울 수 있지? 그것이 성공적인지는 언제, 무엇을 척도로 알 수 있을까?

그대의 기준에 따라 다양한 예술가들을 한번 살펴볼까? 당대에는 작품이 빛을 보지 못하고 결국 자살한 반 고흐는 성공한 예술가일까, 아닐까? 반 고흐는 예술가라는 직업 이외의 다양한 삶의 영역에서 성공적인 인생이었을까, 아닐까? 청각장애를 얻게 된 음악가 베토벤은? 팝스타 마이클 잭슨은? 그 외에도 평소에 좋아하거나 관심 가던 유명한 예술가들을 그대가 생각하는 삶과 직업에서의 성공 기준에 맞춰 한번 생각해보면 어때? 대부분은 삶과 직업 모든 부분에서 반듯한 육각형처럼 완전하지 않을 거야. 오히려 아쉽고 안타깝게도 움푹 패였거나 뾰족한 모서리들이 한두 개쯤 드러나게 마련이지.

그러니 젊은 예술가들이여! 예술이라는 먼 길을 떠나기에 앞서 막연하게 '성공이란 돈을 많이 버는 것'이라는 뜬구름 같은 생각은 내려놓자고. 그리고 현실적이고도 합리적인 목표 위에 삶의 다양한 영역에서의 성공을 얹고 어느 모서리 하나 너무 뾰족해지거나 무뎌지지 않도록 노력해보는 거야. 그러할 때 그대들의 미래에 '목적하는 바를 이룬다'는 뜻의 '성공'이 훨씬 가까이 도달해 있을 테니 말이야.

중요한 것은
꺾이지 않는
마음인가

인지편향 중 하나로 더닝 크루거 효과Dunning-Kruger effect라는 연구가 있어.[4] 능력이 부족하거나 조금 아는 사람은 자신이 많이 알거나 잘한다고 생각하고, 능력이 뛰어나고 많이 아는 사람은 자신이 부족하다고 과소평가하는 현상이야. 책 한 권 읽은 사람이 가장 무섭다는 어느 농담처럼 말이야. 능력이 부족한 사람은 그 분야의 지식과 경험, 역량이 부족하기 때문에 자신의 능력을 제대로 판단할 수가 없어. 그래서 과잉 확신을 하고 기대치와 자신감이 높지. 반대로 지식과 경험이 많고 역량이 높은 사람은 그만큼 자신에게 부족한 영역을 인식하는 메타인지가 있어서 겸손하거나 자신감이 다소 낮은 것이고.(그렇다고 열등감이 강하거나 자존감이 낮은 사람이 능력이 많다는 뜻은 절대 아니야.) 재미있는 점은 능력이 낮거나 높은 사람 모두 내가 중상위쯤은 되지 않을까 하고 생각한다는 사실이야.

우매함의 봉우리와 절망의 계곡

그런데 사람들은 이 연구를 두고 새로운 그래프를 만들었어. 버틴다는 것, 전문가가 된다는 것은 단순히 시간을 그냥 보내는 일이 아니야. 더닝 크루거 효과와 같이 숙련되는 시간의 흐름에 따라 일련의 과정을 거치게 되지.

우리가 예술을 처음 시작했을 때를 한번 떠올려볼까? 난이도가 낮은 초급 과정 때는 그저 '우와~ 이거 재미있다! 나에게 딱 맞는 일인걸. 나는 이제 무엇이든 할 수 있어!' 하는 막연한 희망과 즐거움이 가득했을 거야. 갓 입사한 신입사원이나 두꺼운 책한 권 막 읽은 사람처럼 마냥 신나고 자신감 가득한 이 단계를 '우매함의 봉우리'라 부르지.

이 시기를 지나면 조금 깊이 파고드는 단계로 접어들어. 훌륭한 예술가와 작품들을 접하거나 내 수준에서 감당하기 어려운 과제를 맞닥뜨리게 되면 생각이 크게 바뀌곤 해. '세상에 이렇게 대단한 작품들이 많다니, 열심히 잘하는 예술가들이 세상에 이렇게나 많다니, 나는 아무것도 아니야. 나는 이 작은 과제도 해결 못 하고 있잖아. 나에게 이 일은 안 맞을지도 몰라.'라며 '절망의 계곡'으로 떨어지게 되지. 이때 갖는 절망과 좌절감으로 많은 사람들이 예술을 포기하곤 해.

나도 영화감독이 되고 싶어서 유학길에 올랐지만 유학지에서 너무나 천재적이고 대단한 감독 지망생들을 보면서 이건 내가 할 일이 아니라는 것을 빠르게 깨닫고 포기했던 적이 있거든. 그때의 포기는 사회구조 속에서 예술가들을 도와주고 예술의 역할을 강화하는 쪽으로 내 진로의 방향을 틀게 된 새로운 기회였기도 해.

깨달음의 오르막

이렇게 예술가들은 초기에 무엇이든 할 수 있을 것 같은 '우매함의 봉우리'와 아무것도 못할 것 같은 '절망의 계곡' 사이를 셀 수 없이 오가는 경험을 하게 돼. 그런데 그 순간순간마다 좌절만 하는 것이 아니라 자신에게 부족한 것이 무엇인지, 내가 이 일을 왜 하는지를 깊이 들여다보고 보완하고 다음 과정을 설계하는

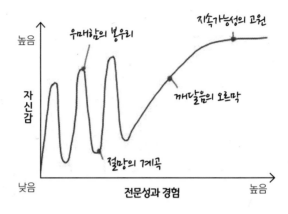

높음

우매함의 봉우리

지속가능성의 고원

자신감

깨달음의 오르막

절망의 계곡

낮음

전문성과 경험

높음

단계로 향하는 사람들이 있어. 더 이상 작업과 연습에서 오는 불안정한 감정의 널뛰기 속에 자신을 내버려두는 것이 아니라 묵묵히 끝 모를 길을 향해 나아가기를 선택하는 거지. 이것이 바로 '깨달음의 오르막'을 오르는 단계이고, 사람들은 이때를 가리켜 실질적으로 '버틴다'라고 이야기해. 그 기간이 얼마나 걸릴지, 그 끝에 어떤 결말이 있을지 아무도 알 수 없기 때문에 많은 사람들이 불안을 겪지. 하지만 '절망의 계곡'으로 꼬꾸라지는 실수를 반복하지는 않아. 다시 회복하는 것이 얼마나 힘들고 어려운 일인지 잘 알기 때문이야.

그렇게 오랜 시간 계속 오르막을 걷고 또 걷다 보면 결국 그 일에 있어 많은 지식과 경험을 쌓고 지속가능성을 갖게 되는 시기, 즉 전문가로 불리는 단계인 '지속가능성의 고원'으로 진입하게 돼. 다만 이 시기도 안정적이라고 보기는 어려워. 시대는 끊임없이 변해서 새로 배우고 알아가고 업그레이드해야 할 것들이 계속 생기기 때문이야. 특히 전문가의 경지에 오르면 초보자들은 보지 못하는, 보완하고 바꾸어야 할 섬세한 지점까지도 눈에 보이게 되거든.

그래서 더닝 크루거 연구에서 이야기한 것처럼 전문가가 되면 될수록 '나는 여전히 배워야 할 것, 알아가야 할 것이 많다'라고 그 어느 단계보다 겸손한 자세를 갖추게 되는 법이야. 그리고 그 모든 단계를 거쳐왔기에 언제든 다시 새로운 것을 시도하거나 배우거나 융합하는 것을 두려워하지 않지. 겸손하지만 무엇을 해야 할지 알고 즐기는 사람들이라 할 수 있어.

지속가능성의 고원을 향하여

자, 그대 젊은 예술가들은 과연 어느 단계쯤에 와 있는지 한번 들여다보자. 이제 막 예술계에 들어와 무엇이든 할 수 있을 것 같고 성공을 이룰 것만 같은 열의에 찬 예술가가 있을 거야. 반면에 세상에 예술가가 셀 수 없이 많은데 내가 무엇을 할 수 있을까, 하며 절망에 빠진 예술가도 있겠지. 그 혼란의 과정을 거친 뒤 그럼에도 눈물 삼키며 내 길을 향해 무던히 캄캄한 오르막을 올라가고 있는 예술가도 있을 테고. 이미 한 분야에서 전문가가 되었지만 또 다른 분야, 부족한 분야, 실험하고자 하는 분야를 다시 초보자와 같은 마음으로 기꺼이 시작하는 예술가도 있을 거야.

예술가의 직업적 성공은 무조건 버티면 된다는 것이 아닌, 지금의 상태를 파악하고 현명하게 다음 단계를 향해 전략적으로 나아가는 것을 의미하는 거야.

"중요한 것은 꺾이지 않는 마음이다", "1만 시간의 법칙으로 버텨라", "버티는 놈이 결국 이긴다" 등의 자기계발 명언들이 책임감 없이 SNS를 비롯해 사방에서 쏟아져 나오는 시대야. 그것이 옳은가 그른가를 논하기 전에 한번 생각해보자고. 역설적이게도 버티는 것이 그만큼 어려운 일이니 일단 버티기만 하면 성공 확률도 그만큼 높다는 것 아닐까?

자, 그대의 단계는 과연 어디쯤이야? 그리고 그 다음으로 나아갈 전략은 무엇이야? 마주하고 진단하고 생각하고 고민하는 것이 적잖이 귀찮은 일인 걸 알아. 그렇지만 바로 그것이 예술가의 일에서 연습과 창작 이상으로 커다란 부분을 차지한다는 사실을 절대 잊지 말아야 해.

정기적인 개인 구조조정을 통해 2~3년마다
일과 삶에 변화를 주어야 한다.
이야기의 요지는 당신이 직업 전선에 처음 뛰어들 때는
자신이 무엇을 원하는지 잘 모를 수도 있다는 것이다.
그리고 그게 정상이다. […]
성공은 순전히 끈기로만 결정되는 게 아니다.
열심히 일하고,
똑똑하게 일해야 한다.

– 크리스 길아보의 《두 번째 명함》 중에서

내 예술의
쓸모에 대해

첫 책의 출간을 위해 출판사와 첫 만남을 하던 날이었어. 미완성인 원고 한 뭉치를 주섬주섬 들고 테이블에 앉아있는데 마주 앉은 편집주간님은 내가 쓴 글뿐만 아니라 내 논문, 비슷한 류의 책들까지 이미 찾아본 상태였지. 내려주신 커피의 온도는 뜨거웠지만 초보 작가에게 던지는 질문의 온도는 차갑고 날카로웠어. 질문의 종착점은 다음과 같은 질문들을 통해 결국 '이 책을 왜 내야 하는가'로 이어졌지.

이 책은 나무로부터 온 종이의 희생,

출판사와 인쇄소 사람들의 노동,

책을 구매하는 사람들의 기대와 읽는 사람들의 시간을
아깝게 하지 않을 만한, 그 이상의 쓸모와 가치가 있는가?

나는 그저 글을 썼을 뿐이고 하나의 결과물처럼 막연히 출간이
되면 좋겠다는 생각만 했어. 그런데 수많은 매체와 플랫폼을 통해
문장이 홍수처럼 범람하는 시대에 왜 내 글이 책으로 나와야 하
는지를 진지하게 생각해본 적이 없다는 것을 금세 깨닫게 됐어.

그 미팅 이후 나는 초고에서 무려 3번이나 원고를 뒤엎는 작업
을 했어. 부끄럽지 않은 책, 쓸모 있는 책, 오래도록 읽히는 책이
되었으면 좋겠다는 간절함으로 책을 완성할 수 있었어. 출판사와
함께 기껍고 즐거운 마음으로 출간한 책은 당시 4쇄를 찍을 만큼
예술교육 분야의 베스트셀러가 되었지. 우리나라에서는 1쇄를
다 소진하고 2쇄를 찍는 책이 전체의 5%밖에 안 된다는 점을 생
각하면 그래도 쓸모 있는 책이 되어 다행이라는 마음이야.

출판사와의 첫 미팅 경험은 지금도 여전히 유효해. 새로운 아
이디어가 떠오를 때면 '이게 괜찮은 건가? 쓸모 있는 것인가?'
하고 고민하게 되거든. 결국 냉정한 내면의 비평가에 의해 시작
도 하기 전에, 혹은 겨우 시작만 해보고 엎어진 수많은 작업들에

게 명복을 빌 수밖에. '우리의 예술은 과연 쓸모 있을까?' 누군가의 인정 이전에 스스로가 납득되어야만 하는 이 질문은 예술가들을 끊임없이 괴롭히곤 해.

그런데 주목! 내 예술의 쓸모를 논하기 전에 가장 먼저 선행되어야 하는 질문이 있지 않을까? 그래, 눈치 챘구나, 바로 '예술의 쓸모'야. 누군가 그대들에게 '예술이 쓸모 있어?'라고 묻는다면 뭐라고 답할래? 그저 '세상을 더 아름답게 만든다'와 같은 두루뭉술한 수준의 답을 내놓는다 해도 그대를 탓할 수만은 없어. 예술가가 되기 위한 교육 과정에서 예술의 쓸모를 검토하고 고민하여 자기만의 확신과 대답을 찾는 과정이 절대적으로 미흡했으니까. 그렇다고 자괴감을 가질 필요는 없어. 다행히도 역사 속에서는 이미 수많은 철학자와 예술가들이 예술 자체가 쓸모 있는가를 끊임없이 고민해왔어. 예술철학의 핵심 질문은 결국 '예술이란 무엇인가?'이기 때문이야.

예술이란 무엇인가?

예술의 의미와 가치에 대한 논쟁은 크게 '도덕주의'와 '심미주의' 사이의 고민이라고 할 수 있어. 도덕주의가 예술이 인간의 올

바른 성품을 함양하기 위해 도덕적인 교훈을 제공한다는 것이라면, 심미주의는 예술은 예술 자체로서의 아름다움을 추구하는 것이라고 보는 거야.

도덕주의 측면에서는 예술의 사회적 역할과 참여를 강조하지. 플라톤은 "우리는 아름다운 작품에서 시각과 청각의 부딪힘을 통해 아름다운 말과의 닮음과 조화에 이끌린다."고 하였고, 톨스토이는 "예술작품의 가치는 도덕적 가치에 의해 결정된다. 선을 추구하는 예술이 참된 예술이다."라고 주장했어. 즉 진정한 예술은 미적인 가치를 넘어 윤리적 가치 또한 가져야 한다는 입장으로, 예술이 인간 사회에 미치는 영향력에 주목하고 있지.

반면 심미주의는 예술의 순수성과 가치 중립성, 예술의 자율성을 강조해. 스핑건Joel Elias Spingarn은 "예술작품을 도덕적으로 논하는 것은, 정삼각형은 도덕적이고 이등변 삼각형은 비도덕적이라고 말하는 것과 같이 무의미하다."고 이야기했어, 오스카 와일드는 "예술은 도덕의 영역 밖에 있다. 예술의 눈은 아름답고 불멸하고 끊임없이 변화하는 것에 고정되어 있기 때문이다."라고 예술의 중립성을 강조했지.

이 두 가지 측면은 현대 사회에서도 여전히 엉킨 실타래처럼 복잡하게 작용하고 있어. 마치 우리가 치킨을 먹을 때 동물복지를 생각할 수도 있고 그저 맛있다고 생각할 수도 있는 것처럼, 등산을 갔을 때 자연보호의 중요성을 생각할 수도 있고 등산을 통한 자신의 건강함을 생각할 수도 있는 것처럼 말이야.

예술의 쓸모

자, 이제 다시 돌아와 예술의 쓸모에 대해, 그리고 내 예술의 쓸모에 대해 생각해보자고. 우리 안에서도 예술의 도덕주의와 심미주의가 공존하고 있는 게 아닐까 해. 특히 그대가 정부나 지자체 문화재단, 학교 등의 지원사업과 연계가 있다면 예술의 도덕주의는 아무리 강조해도 모자람이 없지. 공공기관은 국민의 세금으로 예술가를 지원해야 하는 만큼 예술이 사회의 성숙과 발전에 기여한다는 점을 끊임없이 증명해야만 하거든. 그래서 지원사업의 지원서 양식에는 어김없이 사회적, 윤리적 기여와 관련한 추진배경, 목적, 목표, 기대효과를 작성하도록 되어 있음을 이해해야 해. 그러나 다른 한편으로 우리의 예술은 그저 예술 자체가 좋아서 하는 순수하고 가치 중립적인 활동이기도 하잖아. 만약 돈을 벌지 않아도 된다고 하면 하루 종일 집중할 수 있고 내가 나다울 수 있는 활동 말이야.

그러니 내 예술의 쓸모는 우선 공공적, 사회적 영역과 만나 사회를 좀 더 아름답고 성숙하게 만드는 데서 찾을 수 있을 거야. 또한 개인적인 영역에서는 내가 행복하고 성장하게 되는 것에서, 내 작품을 만나는 사람들이 즐거움을 느끼고 영감을 얻는 것에서 찾을 수 있고.

그럼에도 내 예술의 쓰임이 자꾸만 고민된다면 그건 아마 도덕주의와 심미주의를 넘어 상업주의의 측면에서 오는 의심이 아닐까 해. 내 연주, 내 공연, 내 작품을 공공기관이 아닌 일반 관객들에게 파는 것은 내 예술의 값어치이자 직업 예술인으로서의 몸값을 확인받는 것이니까. 마치 내가 첫 책을 쓰면서 했던 '과연 이 책이 나무 값, 종이 값, 출판사와 인쇄소 전문가들의 노동력, 독자들의 독서 시간보다 가치 있는가'라는 고민이 결국 그 책을 써야 하는 이유와 그 책의 사회적, 경제적 쓸모로 환산되었던 것처럼 말이야.

그렇지만 예술의 상업주의적 쓰임은 시장가치와 투자가치, 경제적 파급효과, 문화적 가치로서의 인정 등 우리의 손을 벗어나는 다양한 측면을 고려해 결정됨을 인정하고 받아들여야 해. 오히려 우리가 집중해야 할 것은 우리가 통제할 수 있고 우리 손 안에 있는 것이지. 바로 내 예술의 사회적·윤리적 가치가 됐든, 심미적·창의적 가치가 됐든 내 작품의 목적에 맞춰 품질을 높이기 위해 노력하는 것, 그리고 나를 알리기 위해 홍보하고 협력하고 네트워킹에 참여하는 것과 같은 일 말이야. 프랑스의 유명한 소설가 알랭 드 보통이 2015년 청주국제공예비엔날레 특별전의 예술감독으로서 예술작품에 대해 쓴 다음 글을 소개하고 싶어.

우리의 취향은 감정을 구성하는 스펙트럼 중 어느 부분이 그늘진 곳에 있어 자극과 격려를 필요로 하느냐에 달려있다. 모든 예술작품에는 저마다 독특한 심리적, 도덕적 분위기가 스며있다. 작품은 평온하거나 들떠 있거나, 용감하거나, 신중하거나, 겸손하거나, 자신만만하거나, 남성적이거나 여성적이거나, 소시민적이거나 귀족적일 수 있다. 여러 종류 가운데 특정 대상을 더 좋아하는 성향은 우리의 다양한 심리적 공백을 반영한다. 내면의 약함을 보완해주고 홀로 오롯이 설 수 있는 평형상태를 회복시켜주는 예술작품을 우리는 갈망한다. 예술작품이 우리의 가치관에 결핍된 분량을 채워줄 때 우리는 그 작품을 '아름답다' 부르고, 우리가 위협적으로 느끼거나 우리를 압도해버린 기분이나 모티프에 초점을 둔 작품은 '추하다' 하며 멀리한다.

예술은 내면의 완전성을 약속한다.

– 알랭 드 보통의 《알랭 드 보통의 아름다움과 행복의 예술》 중에서

알랭 드 보통은 예술이 무수한 순간과 경험을 보존하는 수단이자 감정의 결핍과 공백을 자극하고 반영해주는 역할을 한다고 이야기해. 그렇다면 경험의 수와 감정의 수는 인류의 수만큼이나 다양하고 많다는 것이 예술가들에게는 정말 큰 위로이자 희망이 되는 것이겠지.

그대 예술의 쓰임은 사회적인 측면에서 사회의 성숙과 변화에 도움을 줄 수도 있고, 심미적인 측면에서 그대와 사람들로 하여금 아름다움과 즐거움, 영감을 불러일으키게 하는 것일 수도 있어. 둘 중 어느 한쪽에 치중되어 있든 고르게 배분되어 있든 상관없어. 우리 안에 답변할 수 있는 내용을 옹골차게 갖고만 있다면, 혹은 '내 예술은 쓸모가 없어'라고 스스로 자멸하지만 않는다면, 우리의 예술은 결국 쓸모가 있는 거야. 어떤 것의 쓰임과 기능이라는 것은 결국 만든 사람이 주장하는 바에 의해 결정되게 마련이니까!

젊은 예술가의
자책 가득한
아르바이트 생활

만약 그대에게 다음과 같은 행운이 있다면?

연금복권에 당첨되었거나, 매달 300만 원의 월세가 들어오는 건물을 상속받았거나, 우연히 몇 년 전에 사두었던 주식이나 코인이 100배 올랐거나, 평생 생계를 책임져줄 부모나 배우자가 있거나, 자식이 세계적인 K-POP 아이돌이 되었거나, 예술 활동을 지원해줄 현대판 메디치가와 종신계약을 맺었다면, 이런 행운이 그대의 것이라면 지금 읽고 있는 이 책 따위 당장 집어치우고 하고 싶은 대로 마음껏 예술 하라고 부러움 가득한 축하를 보내주고 싶어. 그러나 젊은 예술가들에게 현실이란 사실 우유 없이 삼켜야 하는 빵처럼 퍽퍽하고 목 막히는 상태의 연속일 뿐 대단한 행운과는 거리가 멀지. 그러다 보니 전업 예술가로 살고 싶은 욕망과 투잡, 쓰리잡 뛸 수밖에 없는 현실 사이에서 느끼는 우울감, 뒤처지는 것만 같은 불안감, 예술 활동에 온전히 헌신하지 못했다는 자책감과 죄책감 등 부정적인 생각들에 쉽게 빠지게 돼.

1년 평균수입 695만 원

사실 예술가가 경제적으로 어려움을 겪는 것은 예술가의 과잉 공급, 예술시장 확장의 보수성, 고급예술과 상업예술의 상호 경계, 일반 시민들의 예술에 대한 인식과 낮은 구매욕구, 예술 마케팅의 한계 등 상당히 다양하고 복잡한 외부 요인들이 함께 작용한 결과물이야. 그럼에도 가난하고 배고파도 예술가는 예술에만 오롯이 헌신하고 전념해야 한다는 진부한 클리셰는 이상하게도 오랫동안 변하지 않는 것 같아. 이렇듯 쉽게 바꿀 수 없는 외부 요인보다는 자신에게서 원인을 찾고 질책하는 편이 훨씬 간단한 상황 회피의 수단이 되기도 하지.

2021년 문화체육관광부가 발간한 〈2021 예술인 실태조사〉 보고서에 따르면 우리나라 예술가의 1년간 평균 예술 활동 수입은 695만 원이야. 소득이 아예 없는 예술가도 43%로, 전체의 절반 가까운 것으로 나타났어. 분야별 평균은 건축 4,442만 원, 방송연예 2,690만 원, 만화 1,868만 원이고 순수예술 분야인 음악, 국악, 연극, 미술, 문학 등은 연간 소득 300~400만 원대에 머물러 있어. 2021년 최저임금이 월 180만 원대인 것을 생각하면 아예 예술 활동만으로는 생계 자체가 불가능하다는 것을 알 수 있을 거야. 예술가를 직업으로 삼아 먹고산다는 게 이렇게나 어려운 일임은 이미 오랜 역사를 통해 알려진 일이야. 그런데 왜 오늘도 수많은 젊은 예술가들은 그토록 예술가가 되기를 바라는 것일까?

예술가는 왜 가난한가?

목구멍이 포도청임에도 예술을 포기 못 하는 예술가들의 양상은 경세학자들에 의해 조금씩 분석되기 시작했어. 예술가는 돈보다 예술을 우선시해야 한다고, 돈을 생각하는 것은 천박한 일이라고 스스로를 최면에 빠뜨리고 있는 그들의 모습이 경제학자들의 눈에는 지독하게 비합리적이고 비경제적이게, 어쩌면 죽을 줄 알면서도 불을 향해 달려드는 불나방 떼처럼 보였을지도.

경제학자 한스 애빙은 그의 저서 《왜 예술가는 가난해야 할까》(21세기북스, 2009)에서 예술이 갖는 자유와 혁신, 고고함 등의 환상적, 상징적 신화가 작품에 헌신하는 예술가를 만들었다고 이야기해. 또 외적 보상보다 심리적 보상에 가치를 두는 것을 특별하게 바라보는 시선이 (마치 성직자처럼) 예술가가 빈곤해질 수밖에 없는 시스템을 만든 것이라 설명하고 있어. 이렇게 신성화된 예술계에 너무 많은 사람들이 너도나도 진입하다 보니 시장에 비해 예술가가 과잉 공급된 상태야. 그런데 승자독식 현상이 어느 분야보다 강한 곳이 또 예술계거든. 그러니 빈곤층은 더 많아질 수밖에 없지.

　이뿐만 아니라 책에서는 예술가들에게도 빈곤의 책임이 있음을 짚고 있어. 예술가 스스로가 평범한 직장생활에는 맞지 않는다는 선입견을 갖고 예술을 통해서만 생활과 행복을 추구하는 것, 일반인에 비해 위험을 감수하는 성향이 강하고 위험부담이 큰 만큼 보상도 크게 기대하는 것, 또 일반인에 비해 자기 자신의 행운과 능력을 과대 평가하고 타인의 평가는 무시하는 것, 그리고 다른 직군에 비해 잘못된 정보와 인식이 많아 자신의 상황과 수준을 객관적으로 평가하지 못하는 것 등 스스로를 경제적 궁핍으로 몰아넣는 현실을 따끔하게 이야기하고 있지.

무언가 반박하고 싶어진다고? 그렇다면 가슴에 손을 얹고 생각해봐. 연평균 700여만 원을 벌더라도 예술을 하고 있기에 충분히 자유롭고 행복해? 사실은 그렇지 않잖아.

예술가들 역시 보상을 추구한다는 측면에서 완전히 자유로운 존재는 아니다. 또한 우리 사회가 구성원들에게 보상과 처벌을 내리는 것처럼, 예술가들은 스스로에게 보상과 처벌을 내린다.
즉 예술가는 자유롭고 헌신적인 자신의 모습에 만족하면서 동시에 상업적인 태도에 자책한다.

– 한스 애빙의 《왜 예술가는 가난해야 할까》 중에서

생계를 위한 투잡, 쓰리잡

여기서 우리는 한걸음 떨어져서 생각해봐야 해. '젊은 예술가는 다른 청년들에 비해서 정말 특별한가, 신성하고 대단한 일을 하는가, 다른 청년들의 주 40시간 노동은 당연한 것인가, 그것은 그들이 원한 것인가, 그들에게도 예술적 꿈이나 재능, 하루 종일 하고 싶은 취미가 있지 않았을까, 그럼에도 발 디딜 틈 없는 지하철을 타고 새벽같이 일터로 향하는 선택은 어리석은 것일까, 어쩌면 그런 청년들의 일을 단조롭거나 피곤하게 여기는 것은 아닌가' 하고 말이야. 비록 예술가라는 것을 직업으로 삼긴 했지만 생계조차 불가능하다면 우리는 자책감, 우울감을 갖는 대신 일을 찾고 일을 하는 것을 선택해야 해.

예술만 신성하고 예술가만 고귀한 것이 아니야.

예술을 포함한 모든 노동은 신성하고 고귀해.

그러니 부디 전업 예술가가 아닌 여러 가지 일을 함께 하고 있는 예술가라면 결코 자책감에 빠지지 않기를 부탁해. 오히려 얼마나 많은 청년들이 회사를 다니면서 저녁에 배달기사와 대리운전 아르바이트를 하고 다양한 사이드잡을 뛰면서 열심히 살고 있는지, 그렇지 못한 청년 예술가들이 눈을 크게 뜨고 보기를 바랄 뿐이야. 예술가들을 위한 국제저널 fromlight2art.com에서는 예술가가 다른 일을 병행하는 것에 대해 다음과 같은 강점이 있다고 이야기해.

• 재정적인 안정

수입에 대해 걱정하지 않아도 돼 예술가의 생활에서 큰 부담을 덜 수 있고, 자신의 작품에 재투자할 수도 있다.

• **판매의 목적으로부터 자유로운 예술 활동**

재정적으로 어려우면 예술작업이 상업주의의 압력을 받거나 판매에 집중되어 변질될 우려가 있으나, 겸업을 통해 소득이 생기면 오히려 예술 자체에 순수하게 집중할 수 있다.

• **구조화된 일정관리가 가능**

많은 예술가가 시간관리에 어려움을 겪고 있는데, 겸업의 가장 큰 장점은 정해진 일정을 지켜야 한다는 점으로, 시간관리를 좀 더 조직적, 구조적으로 할 수 있다.

• **예술계 버블(Art-World Bubble) 대신 외부 사람들과의 연결**

예술계의 부풀려진 허식과 관습에서 벗어나 다양한 전문 분야와 연결될 수 있다. 〈뉴욕타임스〉의 한 기사에 따르면 예술가들이 외부 사람들과 삶을 연결할 경우 '실제 삶'에 기반을 두어 좀 더 건강한 삶을 살 수 있다.

물론 예술가가 다른 일을 겸직하는 것은 '예술 활동을 위한 시간이 부족해진다'는 절대적이고 엄청난 단점을 갖고 있는 게 사실이야. 하지만 인생에서 가장 많은 시간과 에너지를 가진 시기

가 청년기잖아. 궁핍으로 불안해하는 것보다는 노동을 통해 건
강한 사고와 일상을 얻는 것이 더 나은 일이 아닐까 해. 되돌아보
면 아무 일도 하지 않고 아무도 만나지 않으면서 작품이 되지 않
는 것을 불안해할 때 내가 가장 피폐해졌더라고. 오히려 조금 바
빠졌을 때, 노동으로 조금 피곤해졌을 때 주어지는 두세 시간의
짧은 작업시간이 얼마나 뜨겁고 소중하게 여겨졌던지.

마무리하며, 그래도 그대가 조금이나마 지원을 받고 돈 걱정
없이 예술을 할 수 있다면, 참 다행이자 감사한 일이니 다시 오지
않을 인생의 황금기에 최선을 다해 작업에 매진할 것을 제안하
고 싶어. 그러나 만약 그렇지 않다면, 내가 스스로 벌어 내 생계
와 작품 활동을 책임져야 하는 상황이라면, 그대는 오롯이 한 명
의 어른으로 독립하였음을, 본격적인 프로 직업 예술가의 길에
들어섰음을 축하해주고 싶어. 예술 강사를 겸하든 카페 알바를
겸하든 그대의 모든 정직한 노동은 충분히 칭찬받을 만해. 그러
니 자책도 뒤처지는 느낌도 모두 내려놓고 오늘에 충실하자.

어쩌다 예술을 했더니 I

······ 어른이 되었지만 안 바른생활

젊은 예술가의
습관과
자기계발

만약 누군가 젊은 예술가들이 여느 청년들에 비해 생활습관이 좋지 않다고 일반화한다면 다소 억울함을 느낄 수도 있을 거야. 여타의 사람들처럼 예술가도 다양한 배경을 갖고 있고 개개인의 행동과 생활습관을 형성하는 자신만의 경험과 이유가 있을 테니까. 그렇지만 역사 속의 숱한 예술가, (현존하는) 유명한 예술가, 아니 멀리 갈 것도 없이 당장 우리 자신만 하더라도 평생 삶 자체가 습관과의 전쟁이라 해도 과언이 아니긴 해. 식습관, 수면습관부터 작업을 위한 규칙적이고 반복적인 활동이나 루틴까지 만약 우리가 우리 자식이었다면 잔소리 가득할 수밖에 없을 거야.

도대체 우리의 생활습관은 왜 이리 마음에 안 드는 것투성이

일까. 내가 작업할 때만 해도 다음과 같이 마음에 안 드는 습관이 가득하다는 것을 고백해.

작업을 시작할 때 너무 뜸을 들이는 것

주변 정리를 잘 하지 못하고 한꺼번에 몰아서 하는 것

작업 중에도 자주 이메일이나 메신저를 확인하는 것

작업 시간 동안 지나치게 화장실 가는 것을 참는 것

작업이 안 될 때 원인을 파악하기보다 회피하는 것

부정적인 생활습관에 대한 변명

습관은 개인의 24시간, 365일의 모든 활동, 생각, 일상적인 선택과 결정에 있어 40%나 되는 지분을 차지한다고 해. 우리의 하루는 수십, 수백 개의 크고 작은 습관들로 이루어져 돌아가고 있는 거지. 그런 만큼 하나를 버리거나 변화시키거나 새로 추가한다는 것은 기존 습관들에 맞서 싸운다는 것을 의미할 수밖에 없어.

습관이란 오랫동안 되풀이하여 몸에 익은 채로 굳어진 개인적 행동
(고려대한국어대사전)

군이 변명을 하자면 예술가들에게는 부정적인 생활습관을 선택하게 된 여러 요인들이 있다는 거야. 아침형 인간이 좋다는 것은 누구나 알고 있지만 창의적 작업을 하는 예술가들은 밤 시간이 훨씬 집중도 잘되고 능률도 올라서 밤샘 작업이 당연시되는 것처럼 말이야. 오히려 일찍 자고 일찍 일어나는 작가가 이쪽 세계에서는 조금 이상하게 여겨지기도 하지. 또 공연 전에는 밥을 먹지 않는다든가, 창작 중에는 다른 작곡가의 음악을 듣지 않는다든가 하는 것처럼 다른 사람들 눈에는 다소 예민하게 여겨지는 각 예술 장르만의 루틴이 있기도 하잖아.

그래도 뭔가 변해보겠다고, 성장해보겠다고 자기계발서 몇 권 읽어보기는 하는데 어느 순간 헷갈리는 지점이 생기곤 하지. 예를 들어 자기계발서에서는 아침형 인간이 되라고 하지만 조용한 밤에 작업이 잘되는 올빼미형 예술가들은 바꾸기가 쉽지 않은, 소외감의 원천이자 딜레마 같은 것.

그러니 수십 번 도전했다 실패해본 내 경험에 비추어 젊은 예술가들에게(나 자신이기도 하고) 조언하자면, 우선 우리 자신을 괴롭히는 일을 당장 그만두자고, 우리의 일과 몸에 맞지도 않는 정체불명 자기계발서들과 영상들을 버리자고 이야기하고 싶어.

만약 그대가 초·중·고·대를 거쳐 30여 년째 야행성이라면? 아침형 인간 같은 이론과 이를 향한 노력은 그대를 더욱 지치게 하지 않을까? 오히려 자책감과 우울감만 느끼게 하지 않을까?

그렇다고 해서 그대의 생활과 자기계발을 포기하고 폐인 같은 삶을 살라는 말은 절대 아니야. 오히려 야행성 인간, 야행성 예술가로서 최고의 효율과 즐거운 생활 루틴을 찾아가자는 거야. 이를테면 나와 비슷한 경험을 가진 작가의 사례를 찾거나, 야행성 인간이 시간을 효율적으로 쓰는 방법에 관한 내용이 담긴 자기계발서와 영상들을 보는 거지. 비슷한 사례와 경험에서 나오는 조언이야말로 잃어버린 자존감을 되찾고 현실적인 도움을 얻는 지름길이니까. 몸에 맞지 않는 자기계발서, 충고와 조언은 결국 내가 괜찮지 않은 사람, 멋지지 않은 사람, 잘못 살고 있는 사람 같은 느낌을 주거든. 이렇게 만들어진 부정적인 감정은 결국 창의성에도 부정적인 영향만 끼친다고.

편안하고 해볼 만한 것부터

조금만 찾아보면 자기계발서도 쓴 사람의 철학에 따라, 경험에 따라 다양한 방법론을 제시하고 있어. 얼마나 멋지고 다행스러운 일인지. 인간을 한두 가지 규칙에 맞춰 가둬놓는다는 것 자체가 애초에 말이 안 되는 거잖아. 그러니 최대한 다양한 자기계발서들을 읽고 강의를 들은 후에 우리 개개인의 몸에 가장 잘 맞는 것을 찾아 입으면 되는 거야. 매일 쏟아져 나오는 수많은 자기계발서와 영상 가운데 나에게 맞는 자기계발 법칙을 찾는 기준이 뭐냐고? 딱 한 줄로 얘기해줄 수 있어. 바로,

'내게 편안하게 느껴지고 해봄직하다고 여겨지는 것!'

읽을수록, 들을수록 불편하게 느껴진다는 것은 내가 준비되어 있지 않거나 나와 결이 다른 제안인 거야. 또 내가 해봄직하다고 전혀 여겨지지 않거나 나는 절대 못 할 것 같다는 생각이 든다면 아무리 좋은 책, 아무리 좋은 강연이라도 나에게는 그저 돈 낭비, 시간 낭비에 지나지 않겠지. 그런데 만약 들을수록, 찾아볼수록 편안하고 해볼 만하다고 여겨지는 자기계발 방법을 찾게 된다면 "해보자!", "매일 해보자!" 하는 습관화의 단계로 주저 없이 넘어가는 거야. 저마다 생활과 특징이 다른 젊은 예술가에게 해봄직한 자기계발 찾기는 정말 행운에 가까운 것이니까!

어떤 행동이 습관이 되려면 어느 정도의 시간이 필요할까?

많은 전문가들은 어떤 행동을 매일 할 경우 습관이 되기까지 약 21일에서 66일 정도가 걸린다고 이야기해. 성공을 부르는 마음의 법칙과 습관에 대한 조언을 담은 세계적인 베스트셀러가 있어. 《성공의 법칙》(비즈니스북스, 2019)이라고 자기계발서의 원전 같은 책이지. 이 책의 저자 맥스웰 몰츠는 성형외과 의사이기도 한데, 성형수술을 통해 신체에 변화가 온 사람들이 새로운 습관을 갖는 데 21일 정도가 걸린다는 것을 알게 됐어. 한쪽 팔을 잃은 사람들이 다른 팔로 생활하는 습관을 형성하거나, 코 높이는 수술을 받고 엎드려 자던 사람이 똑바로 자기까지 변화에 걸리는 시간 말이야. 어때? 3주 정도의 시간이라면 한번 해볼 만하지 않아?

미국예술기금NEA에서는 예술가들과 인터뷰를 한 결과, 예술가들의 활동을 지속하게 하고 성공으로 이끄는 열쇠 세 가지로 '꾸준한 인내심, 예술에 대한 진정성, 그리고 개인적으로 지키는 습관'을 꼽고 있어. 그만큼 예술가들이 각자 가지는 효율적인 습관은 이 일을 오래하는 데 매우 중요하다는 거야. 그럼에도 내가 과연 할 수 있을까 하는 의심이 든다면, 왜 새로운 습관을 만들거나 기존의 습관을 바꾸고 싶은지, 반드시 그래야만 하는 명확한 동기와 이유부터 다시 들여다봐야 해. 동기와 이유가 명확하다면 그까짓 21일, 매일 해보지 않을 까닭이 없을 테니까.

어깨를 펴고 똑바로 선다는 것은 두 눈을 크게 뜨고 삶의 엄중한 책임을 다하겠다는 의미다.

어깨를 펴고 똑바로 선다는 것은 혼돈을 질서로 바꾸기 위해 적극적으로 노력하겠다는 의지의 표현이다.

자신의 약점이 무엇인지 알고 그것을 기꺼이 받아들이며, 인간의 유한성과 죽음을 모르던 어린 시절의 낭만이 끝났음을 인정하겠다는 뜻이다.

또한 생산적이고 의미 있는 현실을 만들기 위해 어떠한 희생도 감수하겠다는 뜻이기도 하다. 폭압적이고 엄격해서 죽은 것과 다름없는 질서를 원래의 출발점인 혼돈으로 되돌리겠다는 뜻이며, 그 결과로 닥치는 불확실함을 견뎌냄으로써 궁극적으로 더 의미 있고 더 생산적이고 더 좋은 질서를 만들겠다는 의미다.

- 조던 B. 피터슨의 《12가지 인생의 법칙-혼돈의 해독제》 중에서

루틴 없는 생활을 루틴으로

자신에게 알맞고 해봄직한 창작 루틴을 만드는 것은 창작의

흐름을 확립하고 시간관리와 생산성의 질서를 높일 수 있다는 점에서 긍정적이야. 또 내 창작물의 예측 가능성을 높일 수 있고, 창작 활동에서의 열정은 유지하면서도 휴식과 같은 다른 활동과의 균형을 유지하는 데에도 도움이 돼. 다만 루틴을 단순히 작업 활동과 수면, 식사와 같은 생활양식에만 집중하지 말고 다양한 방면으로 확장해봐야 해. 예를 들어 산책이나 명상, 짧은 피크닉이나 여행과 같은 자연과의 교감 활동, 전시나 공연을 보고 관련된 책을 읽는 등의 폭넓은 예술 탐색 활동, 예술가 동료나 다양한 지인들과 소통하고 피드백을 주고받는 시간, 그 외 예술이 아닌 것에 집중하고 영감을 얻고 자극을 받는 습관 같은 것들로 말이야. 내가 나를 누구보다도 도와줘야 할 사람, 돌보아야 할 사람으로 여긴다면 알맞고 좋은 습관을 찾는 데 도움이 될 거야.

그렇지만 만약에 말이야, 그마저도 도저히 할 수 없을 것 같다면, 변화하는 것이 죽기보다 어렵다면, 자기계발과는 인연이 없는 젊은 예술가들의 정신건강을 위한 마지막 방법을 알려줄게. 바로 루틴 없는 생활습관 자체를 루틴으로 받아들이는 거야. 그러고는 자유로운 감정과 상태의 이끌림에 따라 작업하거나 즉흥적인 생활과 활동을 통한 작업을 충분히 즐기는 데 힘쓰는 거야.
그 또한 분명 의미 있으니 자책감이나 우울감 따위는 걷어내고
말이야.

　가장 나쁜 것은 바뀔 노력도 하지 않으면서
　그 삶을 내 루틴으로 받아들이지도 않으면서
　내 생활습관을 싫어하고 괴로워하고 부정하는 것이니까.

　가장 쉬운 것부터, 할 수 있는 것부터, 해야만 하는 것부터 하
나씩, 천천히, 너그럽게, 젊은 예술가들의 자기계발을 심어보자
고. 21일 후면 습관이라는 꽃이 필 테고 나비가 날아들 테니, 열
매 맺을 날을 기대하면서 '그래, 나 좀 잘 살고 있다'라는 기분 느
껴보는 것, 꽤 괜찮지 않을까?

젊은 예술가는
왜 여기저기
온몸이 아플까

'젊음'의 가장 큰 이점은 생기 넘치고 건강하다는 것이겠지. 하지만 젊은 예술가는 셋만 모이면 여기저기 쑤시고 결리고 쓰리고 아프다는 이야기를 심심찮게 하지.

나 역시 마흔이 되기 전에 어깨가 고장 나고 말았는데 병명부터 기분 나쁜 오십견이라나. 주사 맞고 신경 써서 휴식하고 치료하면 잠깐 나아지기도 해. 하지만 손을 많이 쓸 수밖에 없는 우리 일의 특성상 통증은 어깨에서 팔을 넘어 손가락 관절로, 때로는 등을 타고 허리와 골반으로 내려앉곤 하더라고. 밤을 새우거나 종일 구부리고 작업할 때면 어르신처럼 '에구구' 소리를 내는 것이 이제는 생활이 되었다고나 할까.

세상에서 가장 아름다운 발

타고난 기초체력이 좋은 예술가도 있고 에너지 한도가 높아 좀처럼 지치지 않는 예술가도 있겠지만, 예술가라는 직업은 장르에 따라 고유의 통증과 병증을 감수할 수밖에 없는 것 같아.

무용수가 된다는 것은 어떨까. 한때 강수진 발레리나의 발 사진 한 장이 크게 화제가 된 적이 있어. 곱고 단정한 발레 슈즈 속 울퉁불퉁 관절이 터져 나온 발 상태를 과연 누가 상상할 수 있었겠어. 하루 15시간 이상을 연습한다던 그녀의 위대한 노력과 그에 따른 통증이 고스란히 전해졌기 때문일까, 사람들은 사진 속 발을 두고 '세상에서 가장 아름다운 발'이라고 부르기도 했어. 한 인터뷰에서 간혹 아침에 눈을 떴을 때 몸이 아프지 않으면 '내가 어제 연습을 게을리한 게 아닐까'라고 생각했다는 그녀. 그렇게 무용수가 된다는 것은 그들의 온 뼈와 근육, 생살을 작품의 재료로 삼아 무대에 올리는 것일 테야. 10대부터 통증과 함께 살다가 음악가나 미술가들에게는 여전히 젊다고 할 시기에 몸의 변화와 함께 은퇴를 고민해야 하는, 화려한 불꽃 같은 직업. 무대에 적합한 몸을 만들기 위해 식단을 조절하면서 겪는 영양 불균형과 섭식장애도 무용수의 건강을 위협하는 한 요인이지.

음악가는 어떨까? 2023년 유럽연합이 작성한 보고서에 따르면 인구에 따라 차이는 있지만 오케스트라 연주자의 77~87%가 근골격계 문제를 갖고 있고, 청력 손상과 이명 등으로도 어려움을 겪는다고 해.[5] 피아니스트와 현악 연주자는 손가락 관절의 문제를, 관악기 연주자는 호흡기계 질환을, 성악가나 보컬리스트는 목의 긴장과 질환으로 고통받을 수 있지.

모차르트는 류마티스 관절염으로 어려움을 겪었고, 베토벤은 28세부터 난청을 앓다가 45세에 완전히 청력을 잃었어. 세계적인 지휘자 카라얀도 손목 관절염 때문에 피아노 전공 대신 지휘자가 되었다고 해. 아름다운 소리 뒤에는 오랜 시간 같은 자세로 앉아 같은 관절, 같은 근육을 반복해 사용하는 가혹한 훈련이 있었던 거야. 음악가들이 겪게 되는 통증과 질환을 감히 상상이나 할 수 있을까.

종일 앉아 어깨와 팔, 손을 계속 써야만 하는 작가나 화가는 또 어떻고. 목이나 허리뿐만 아니라 손가락, 손목, 어깨의 염증과 통증도 흔할 수밖에 없겠지. 오랜 시간 집중해야 하는 화가의 경우 방광암 발병률이 일반인보다 높다는 연구도 있고,[6] 잘 알려지지 않았지만, 화가들이 쓰는 물감과 일부 용제들은 기도나 폐질환,

납중독, 각종 암을 일으키기도 해.[7,8] 카라바조나 반 고흐가 물감에 의한 납중독으로 사망했을 거라는 연구도 있을 정도니까.

어디가 아픈지 적어보기

《무기여 잘 있거라》, 《노인과 바다》로 잘 알려진 미국의 유명한 작가 어니스트 헤밍웨이는 세계대전 참전에 배 사고와 차 사고를 겪고 신장염, 간염, 당뇨에 고혈압까지 온갖 질병에 시달렸는데, 통증에 대해 다음과 같이 이야기를 해.

무엇이 아픈지 열심히 그리고 뚜렷하게 적어라.

– 어니스트 헤밍웨이

지독한 질병과 통증을 감내하는 방법이자 객체화하는 도구로서, 그리고 자신을 아프게 하는 것을 고자질하는 심정으로 통증을 열심히 그리고 뚜렷하게 쓴 것이 아닐까.

자, 이제 그대들을 괴롭히는 질환이나 통증이 있다면 펜을 들고 열심히 그리고 뚜렷하게 그 아픈 증상들을 한번 적어보기로 해. 실제로 스트레스나 통증에 대해 글을 쓰는 일이 정신적으로 도움이 되기도 하지만 그에 앞서 그 질환과 통증의 실체를 한번 들여다볼 필요가 있기 때문이야. 과연 예술가라는 생업으로부터 온 '직업병'이어서 앞으로도 안고 살아가야 하는 것인지, 혹은 잘못된 습관이나 운동 부족에서 온 것이라 생활개선과 운동을 통해 나아질 수 있는 것인지, 혹은 병원에 가서 시술이나 수술 등의 요법을 받아봐야 하는 것인지 판단할 수 있으니 말이야.

예를 들어, 작가로 살아가는 나에게 목디스크와 오십견, 손가락 건초염은 불가피한 직업병이니 평생 애증의 동반자 관계로, 우쭈쭈 달래며 살아가야 하는 것이야. 그런데 가끔 그 병증이 심해져서 움직이기 어려울 때면 병원에 가서 적극적인 치료를 받고 나아질 수 있겠지. 가슴이 쓰리고 답답한 역류성 식도염은 늦게 먹고 드러눕는 내 습관을 개선하면 나아질 것이고, 종일 앉아있느라 허리와 다리가 저린 증상은 걷기운동으로 완화할 수 있는 것! 그렇지만 나는 당연히 노화할 것이고 많이 쓰는 곳은 어쩔 수 없이 아플 것이니 이 모든 것을 자연스럽게 받아들이겠어. 이렇게 말이야.

잠시 쉬어가기

가끔 우리 자신을 영감에 묶어 몇 날 며칠 작업이나 연습에 몰두하고 나면 몸은 여기저기서 통증과 증상으로 신호를 보내오잖아? 지나치게 성실하고 정직하게 말이야. 그게 화나고 억울하고 또 속상해서 질환과 통증을 미워하고 원망하기도 하지. 하지만 이제는 그런 질환과 통증이 예술가를 업으로 삼아 살아가는 우리의 직업병이라는 것과 우리의 노력에 대한 증명이라는 것, 그리고 감히 인간의 영역을 초월하여 교만하게 달려 나가다 꼬꾸라지지 않게 하는 핵심 장치라는 것을 조금씩 인정할 필요가 있어.

만약 청년 시절 나에게 한 시간 잠도 필요 없는 무한한 에너지가 있었다면? 머릿속에 떠오르는 아이디어들을 모두 실현해낼 초인적인 건강이 있었다면? 나는 얼마나 질주했을지, 교만했을지, 무너졌을지⋯. 그런 나의 기질을 알기 때문에 신이 통증 가득한 직업과 나약한 몸속에 나를 안전하게 넣어둔 것은 아닐까 하는 생각을 해봐. 통증을 예고로 잠시 쉬어가도록, 잠시 돌아보도록, 잠시 쥔 것을 놓아보도록 하는 안전한 신호를 보내는 거지.

우리는 모두 망가졌습니다.
그리고 우리가 가장 강한 곳은 바로 부러진 곳입니다.

－어니스트 헤밍웨이

다시 헤밍웨이의 이야기로 돌아가 볼까. 그의 유명한 소설《노인과 바다》는 치열한 폭풍을 견딘 노인의 이야기일 뿐만 아니라 온갖 사고와 질병, 통증과 함께한 헤밍웨이 그 자신의 이야기로 알려져 있어. 결국 62세의 나이에 전쟁으로 인한 극도의 정신적 고통으로 스스로 생을 거두었지만 헤밍웨이는 노년까지 스포츠를 적극적으로 즐기는 삶을 살았어. 그에게 통증은 극복해야 하는 것이 아니라 직업이 어부인 노인에게 찾아오는 바다의 폭풍우처럼 일상적인 것이자 당연한 동행자가 아니었을까. 예술가들에게 숙명처럼 주어지는 질환과 통증, 그리고 자연스럽게 찾아올 노화와 죽음. 이 모든 것이 아직은 젊디젊은 예술가 그대들에게 과연 어떤 의미로 다가갈까?

모든 것들에는 나름의 경이로움과
심지어 어둠과 침묵이 있다.
그리고 나는 어떤 상태에 있더라도
그 속에서 만족하는 법을 배운다.

– 헬렌 켈러

먹고살자고
하는 일인데
과연 잘 먹고 있는가

젊은 예술가의 생활을 이야기할 때 예술가 이전에 인간의 본능이자 기본적인 생명유지를 위해 먹고 자는 문제를 언급하지 않을 수 없겠지. "식사하셨어요?"로 시작해 "언제 밥 한번 먹어요."로 끝나는 한국 사람들. 우리에게 밥은 그만큼 중요한 문제니까. 그런데 젊은 예술가들은 어떨까? 먹고살자고 하는 일인데 과연 잘 먹으며 살고 있는 걸까?

예술가가 겪는 두 가지 양상의 식이문제

젊은 예술가는 크게 두 가지 양상의 식이문제에 직면한다고 볼 수 있어. 첫째는 몸을 관리하기 위해 의식적으로 충분한 영양

소를 섭취하지 않는 경우야. 무용수나 배우 등 무대에서 몸을 사용하거나 보여줘야 하는 공연예술가들이 이에 해당하지. 둘째는 불규칙하고 건강하지 못한 생활습관 때문에 끼니를 제 시간에 영양을 갖춰 제대로 섭취하지 못하는 예술가들이야.

좀 더 자세히 살펴보자고. 1966~2013년 사이 이와 관련한 보고서를 메타 분석한 연구에서 무용수들은 일반인에 비해 신경성 식욕부진증과 섭식장애를 앓을 위험이 3배나 더 높은 것으로 나타났어.[9] 특히 발레 무용수들은 더 높은 수준의 다이어트를 요구받는데, 날씬함에 대한 욕구, 폭식증 위험, 신체 불만족에 대한 문제가 식습관 태도를 형성하고 섭식장애 발병률을 높일 수 있다고 해.[10] 음악가의 경우 무용가들만큼 연구가 활발하게 진행되지는 않았지만 클래식 연주자 가운데 약 30%와 오페라 가수 80% 이상이 신경성 식욕부진증을 앓는 것으로 나타났어.[11] 음악가는 여러 가지 식이문제를 같이 가지고 있는데, 한 연구에서는 음악가의 32.3%가 섭식장애의 평생 유병률에 대해 '예'라고 답했어.[12] 자기 관리에 관한 문제도 있겠지만 무대에 서는 만큼 연습과 연주 스케줄로 인해 균형 있는 식습관을 갖기 어렵기 때문이기도 하지.

건강보다 마른 외형

섭식장애는 정신질환으로 분류되고 있고, 모든 정신질환 가운데 사망률이 가장 높은 것으로 나타나 있어. 또 임상적 우울증, 불안장애, 알코올의존증 등의 합병증을 불러일으키기도 해. 그래서 단순한 다이어트나 불규칙한 식사 문제로 치부하기에는 위험이 따른다는 거야.

《왜 나는 늘 먹는 것이 두려운 걸까》(소울메이트, 2014)에서는 섭식장애가 있는 사람 대부분이 "나는 식탐이 많고 음식을 조절하지 못하는 사람"이라는 강력한 부정적 믿음을 갖고 있다고 해. 이러한 부정적 믿음은 곧 무능력함, 사랑받지 못함, 무가치함이라는 3가지 범주와 연결되어 섭식뿐만 아니라 인생의 다른 면에 이르기까지 악영향을 줄 수 있다고 분석하고 있어.

또 건강보다 마른 외형을 우선시하는 일부 예술 장르, 대중예술의 경향, 그것을 묵인하거나 비교하면서 부추기는 부모와 선생님, 그리고 마른 외형의 예술가를 동경하도록 만드는 미디어의 영향도 빼놓을 수 없어. 우리 사회가 예술가에게 기대하는 외모상이 기형적으로 어그러지고 섞여 젊은 예술가의 섭식 문제가 생기는 거니까.

어쩔 수 없는 것 아니냐, 다들 그런 것 아니냐고? 그렇게 외면 하기에는 먹고사는 문제가 건강, 나아가 생명과도 직결된다는 점을 간과할 수 없어. 최근 젊은 예술가의 시기를 지나 중년, 노년에 접어든 주변 예술가들의 이야기를 들어보면 의도적인 다이어트였든, 스케줄 때문에 불규칙적인 식사를 한 거였든, 섭식 문제는 갈수록 작업 여력, 정신적 예민함, 질병과 질환 등에 지독한 영향을 끼친다는 거야. 뒤늦게 후회하는 목소리들을 듣다 보면 나 역시 반성하게 되는 지점이 있더라고. 그래서 무엇을 어떻게 먹어야 잘 먹는 것일까 고민하던 끝에 이런 결론을 내보았어.

내가 사랑하는 사람이 이렇게 먹는다고 생각할 때 '그래 괜찮네'라고 생각하는 정도를 나 자신에게 먹여주자.

레오나르도 다빈치의 메모

그 예로 예술계의 오랜 선배, 레오나르도 다빈치를 소개해볼까 해. 레오나르도 다빈치는 평생 120권이 넘는 노트에 온갖 생각과 아이디어를 메모하고 그려왔는데, 건강과 요리에 관한 것도 가득하다고 해. 심지어 계란 한 바구니, 고기 1파운드의 가격부터 효율적인 주방을 위한 설계 아이디어까지 적혀 있대. 그 수

많은 메모 가운데 다음과 같은 자기 관리의 글이 있어. 이 글을 적고 지키고자 한 레오나르도 다빈치의 일상을 우리는 상상해볼 필요가 있어.

건강해지고 싶다면 이 규율을 따르라.

식욕이 없을 때는 억지로 먹지 말고, 저녁은 가볍게 먹어라.

잘 씹고, 뭐든 몸에 들어가는 것은

단순한 재료에 잘 익힌 것이어야 한다.

약을 먹는 사람은 경솔한 자이다.

분노를 조심하고 탁한 공기를 피한다.

식탁에서 일어나면 얼마간 서 있으라.

무슨 일이 있어도 낮잠은 자지 않는다.

포도주는 물과 섞어서 한 번에 조금씩만 마시며

식간이나 빈속에는 삼간다.

용변을 미루지도 오래 끌지도 말 것.

운동은 지나치게 하지 않는다.

배를 위로 하거나 머리를 아래로 하고 눕지 않는다.

밤에는 이불을 잘 덮는다.

그리고 머리를 식히고 마음을 명랑하게 가진다.

방탕함을 피하고 이 식단을 지킨다.

- 레오나르도 다빈치 《다빈치의 부엌》(박하우스, 2012) 중에서)

레오나르도 다빈치는 과일과 야채를 즐겨 먹고 과식하지 않으며 규칙적으로 먹을 것을 이야기하고 있어. 실제 그의 주장이 젊은 예술가에게 얼마나 긍정적인 효과를 가져왔는지 최근 연구를 통해 뒷받침되고 있어. 400여 명의 청년을 대상으로 관찰한 결과 과일과 야채를 더 많이 먹은 청년은 덜 먹은 청년에 비해 평균적으로 행복감이 더 컸으며, 호기심이 더 강하고, 창의성도 더 높은 것으로 나타났어. 또 청년들이 과일과 야채를 더 많이 먹은 날에는 덜 먹은 날에 비해 더 높은 행복감, 호기심, 창의성을 보인다고 보고되기도 했지.[13]

좋은 것 잘 먹였어요!

내가 먹을 것을 차리고 음식을 먹는다는 행위에는 따지고 보면 수많은 의미가 담겨 있어. 근사한 향과 맛을 느끼는 데서 오는 행복, 함께 식사하는 사람들과 나누는 따뜻한 정, 스스로에게 좋

은 것을 먹임으로써 나를 아끼고 돌보는 마음, 한때 생명이기도
했던 재료와 이 식탁에 올라오기까지 거쳐온 수많은 손길에 대
한 예의와 감사, 그 모든 게 어우러져 있는 거야. 그러니 이제 누
군가의 '식사하셨어요?'라는 질문에 대해 그대가 건성건성 넘기
지 않기를, 내면 가득 넘쳐나는 자기 긍정과 자신에 대한 사랑,
갖가지 가치에 대한 믿음으로 "그럼요, 소중한 저에게 좋은 것 잘
먹였어요!"라고 답할 수 있기를.

부서지는 마음과 낭만을 앓으면서 알았다.
현실을 살아야 마음도 살 수 있다는 것, 그리고 매정과 척박을 인
정해야 낭만과 환상을 잃지 않는다는 것을.
부서지지 않는 마음,
그것은 입에 들어오는 먹거리의 아래에 있다.
그래서 오늘도 일말의 노력을 한다. 부서지지 않으려고,
인정하고 견디는 마음이 생을 잃지 않게 한다.

– 쑥의 《무명의 감정들:나를 살아내는 일》 중에서

불면의 밤을
보내고 있는
젊은 예술가들에게

나에게 잠은 매일 매일 새롭게 그리고 반복적으로 주어지는 어려운 과제 중 하나였어. 아주 어릴 때부터 잠에 예민했는데 흔히 말하는 잠투정이 많은 아이였거든. 이런 기질은 20~30대 예술가로 살던 시절 가장 지독한 고민 중 하나가 되었지, 패턴이랄 것도 없이 잠은 늘 제멋대로 찾아왔다가 제멋대로 떠나기 일쑤였어. 때로는 3일 이상을 자지 않고 글을 쓰거나 한 가지 일에 매달리기도 했고, 때로는 3일 밤낮을 깊은 잠에 빠져 무기력과 함께 침대 바닥으로 꺼져버리기도 했어. 얼마나 많은 아침형 인간, 루틴형 인간의 책을 읽고 강연을 들었는지, 그러고도 다시 수백 번의 작심삼일을 반복했는지 몰라.

그런데 이상하지. 규칙적인 수면에 매달리면 매달릴수록 내가 부족하고 잘못된 사람처럼 여겨지는 거야. 좋은 수면 패턴을 가진다는 것이 모든 점에서 얼마나 건강하고 이로운지 결코 모르는 게 아닌데도 젊은 예술가인 내게 그 멋지고 완벽한 수면 패턴은 가닿을 수 없는 그저 딴 세상의 이야기일 뿐이었지.

괴롭고 지독한 고통, 수면 부족

끔찍하게 들리겠지만 수면 부족은 사실 잘 알려진 고문의 한 형태이기도 해. 최초로 불면으로 죽음을 맞이한 사형수는 기원전 256년경 로마 영사였던 마르쿠스였는데, 당시 로마의 적이었던 카르타고인들에 의해 눈꺼풀을 절단당하고 강제로 태양을 쳐다봐야 하는 고문으로 죽었어. 일제강점기 애국 지사들에게 잠을 못 자게 하는 고문을 한 사실도 잘 알려져 있지. 잠을 못 잔다는 것은 인간에게 있어 그 정도로 괴롭고 지독한 고통인 거야.

문제는 이 지독한 고통이 유독 젊은 예술가들에게 뒤엉켜 있다는 사실! 미국심리학회American Psychological Association의 한 연구에 따르면 배우와 예술가의 20%가 적어도 일주일에 한 번은 불면을 경험하는 것으로 나타났어. 전국 평균인 10%의 두 배나 되는 높은 수치이지. 심지어 예술가가 만성 불면증(3개월 이상 일주일에 3회 이상 발생하는 불면증)을 경험할 가능성이 높다는 사실도 밝혀졌어. 살바도르 달리는 평생을 불면증에 시달렸고 종종 며칠씩 깨어있기도 했어. 그는 잠 못 이루는 밤 대부분을 그림을 그리며 보냈는데, 그의 초현실주의적 그림들은 달리의 반수면 상태를 반영하기도 해.

> 선택할 수 있다면, 하루에 두 시간만 활동하고
> 나머지 스물두 시간은 꿈속에서 보내겠다.
>
> – 살바도르 달리

예술가와 불면증

빈센트 반 고흐도 평생을 불면증으로 고생했어. 술을 마시거나 아편을 사용하는 등 잠을 자기 위해 다양한 중독에 빠지기도 했지만, 그의 수면 패턴은 나아질 기미를 보이지 않았어. 그의 불면증은 우울증과 불안증 등 정신질환과도 깊이 연관되었을 것이라 보고되고 있어. 화가 뭉크도 평생 불면증을 겪었는데, 그는 불면증에 대해 "나를 떠나지 않는 악마"라고 묘사하기도 했어. 뭉

크는 수면제와 최면술을 비롯해 다양한 치료법을 시도했지만 대부분 효과가 없었지. 그의 유명한 그림 '절규'에서 불안의 요소가 발견되는 걸 보면, 그의 불면증은 불안과 우울증에도 영향을 줬을 듯싶어.

소설가 프란츠 카프카는 종종 밤을 새우고 낮에 잠을 자면서 평생 불면증으로 고생한 예술가였어. 따뜻한 우유를 마시고 수면제를 먹는 등 다양한 치료법을 써봤지만 대부분 효과가 없었지. 그 역시 불면증이 불안과 우울로 이어진 듯 보이는데, 유명한 작품인 《변신》에서도 불안과 우울을 확인할 수 있어. 41세의 젊은 나이에 사망한 이유도 불면증과 망상증이라니! 카프카는 전업 작가가 아닌 보험국 직원이었어. 퇴근 후 집에 돌아와 글을 쓰다 보니 잠을 충분히 못 잘 수밖에. 그의 명작 대부분은 잠을 자지 못한 밤에 쓰인 거지. 결국 그는 숨지기 두 해 전에야 보험국을 퇴사했어.

매일 밤 나는 투쟁한다. 잠을 잘 수가 없다.
잠을 자는 것이 아니라 꿈을 꿀 뿐이다. 잠 없는 꿈을

— 프란츠 카프카의 《꿈》 중에서

불면증은 역사를 통틀어 유명한 예술가들 사이에서 흔한 투쟁이었어. 잠 못 이루는 밤 자의이자 타의로 작품 활동을 할 수밖에 없었고, 잠과 생의 경계에서 독특하고 표현적인 작품들을 만들어낸 것일 수도 있지. 하지만 모든 예술가들이 불면증으로 인해 창의성을 얻고 창조적인 작업을 한 것이라 착각해서는 안 돼. 오히려 불면증은 정신적인 활동을 둔해지게 해서 복잡하거나 창의성이 필요한 업무에 방해가 되기 때문이야.

잠 못 드는 나를 위해

결국 나는 조금 늦었지만 30대를 지나면서 이런 나 자신을 받아들이기로 했어. 비록 수면 패턴이 불규칙하지만 그것으로 죄책감을 갖지 않기로 말이야. 대신 불면증의 활용 방법을 책이나 강의, 경험을 통해 찾아내고 삶을 개선하기 시작했지.

내가 말하고자 하는 것은 불면증이 주는 내면의 가르침이다.

병과 기다림은 오해의 여지가 없는 명실상부한 스승이다.

그러나 모든 신경질환의 가르침은 특히 강렬하다.

자신의 몸과 사고를 지배하는 방법을 가장 잘 가르치는

스승이 바로 잠 못 이루는 밤이다.
타인을 배려하고 부드럽게 감싸는 것은
그것을 필요로 하는 사람이 가장 잘 할 수 있다.
누구의 방해도 받지 않고 생각에 잠기는
외로운 시간을 정적 속에서 보내본 사람만이
따뜻한 시선과 사랑으로 사물을 가늠하고 영혼의 바탕을 보고
인간적인 모든 약점을 관대하게 이해할 수 있다.

— 헤르만 헤세의 《밤의 사색》 중에서

무엇보다 40대에 들어서면서부터는 불면의 힘이 예전만 못하더라고. 노화가 이미 시작되고 있으니 당연한 걸까? 아직 젊어서 노화가 남 얘기인 듯싶겠지만 그대도 거울을 봐. 3년 전 찍은 셀카를 봐. 그대도 나처럼 늙어가고 있다고. 노년의 매력은 무엇일까 생각해봤는데, 바로 더 이상 열정이나 의지가 몸을 이길 수 없다는 거야. 그림을 계속 그리고 싶어도 팔이 원하지 않으면 멈추어야 하고, 글을 쓰고 싶어도 눈이 침침하고 아프면 덮어버려야 하지. 무엇보다 얇기만 한 눈꺼풀은 또 얼마나 무거워지는지.
그러니 지금의 열정과 의지에서 오는 불안, 그리고 불면의 밤

도 그리 길지 않을 거라 생각해. 그 좋아하는 수목드라마도 이제
다 보지 못하고 잠이 드시는 부모님처럼 말이야. 결국 나이 든 육
체가 우리를 지배하게 되고 우리의 의지가 조금은 느슨해지고
합법적으로 해이해질 날이 멀지 않았다고 생각한다면 말이야,
젊은 예술가들에게 불면증이란 어쩌면 그리 오래 걱정할 만한
일은 아니지 않을까?

어쩌다 예술을 했더니 Ⅱ

······

청춘이라 더 아픈 멘탈

비교하고 질투하고 좌절하다
가끔은 교만한
내 자존감

지인의 연락이나 SNS, 바뀐 메신저 프로필 사진을 통해 타인의 급작스러운 성공적 행보를 접했을 때는 어김없이 속이 시끄럽곤 해. 나만 그런가?!

그럴 때는 차라리 전화가 없었으면, SNS가 없었으면, 하고 원망을 해보지만 생각해보면 전화나 SNS는 사실 죄가 없지 뭐야. 누군가의 소식을 듣고 나서 의식하고 비교하고 질투하고 좌절하고 가끔은 교만해지기도 하는, 하루살이 날개같이 얇디얇은 내 자존감이 문제라면 문제겠지.

심리학자 바우마이스터와 부시먼은 다음과 같이 말한다. 자존감이 높은 사람은 비판을 받아도 자기 가치가 위협받는다고 느끼지 않으므로 높은 자존감은 당사자를 평화롭게 만들 수 있다. 자존감이 높기는 하지만 자존감에 대한 위협을 쉽게 느끼는 소수의 사람들이 위험한 이들이다.

이들은 자신을 우월한 존재라고 보는 사람들이라기보다 자신을 우월한 존재로 보고 싶다는 욕망이 강한 사람들이다. 거창한 자기상을 확인받는 일에 집착하는 사람들은 비판당하는 것을 몹시 괴로워하며 자기를 비판한 사람을 사납게 공격하는 것으로 보인다.

– 룰루 밀러의 《물고기는 존재하지 않는다》 중에서

예술가가 비평과 평가에 취약한 이유

예술가들에게는 숙명적으로 비교, 비평, 평가, 칭찬, 비난 등이 뒤따를 수밖에 없어. 그리고 다음과 같은 이유로 비교에 따라오는 열등감에 더 취약하기도 해. 우선 예술가는 과학적 법칙이나 논리를 다루는 게 아니라는 점이야. 우리는 개인의 경험과 감정, 느낌과 생각을 다루기 때문에 누군가의 비교와 비평을 곧 자기 자신의 가치나 정체성에 대한 평가처럼 느끼곤 해.

둘째로 예술은 대중 앞에 공개되는 과정을 거치게 되지만 객관적인 평가 기준이 명확하지 않아. 비평가에 따라, 관객에 따라, 시대상에 따라, 유행에 따라 변화무쌍하게 달라지는 평가에 직면해야 하는 만큼 비교와 비평의 내용에 더 취약할 수밖에 없어.

셋째로 예술가들은 세상과 단절되어 연습하거나 작업하는 경향이 강해. 그러다 보니 주변 사람들의 작업과정이나 발전과정을 잘 알지 못한 채 그저 성취 결과만 단순 비교하는 경향이 생길 수 있지. 그러면서 자신의 작품이나 훈련과정에 대해 의심과 불안을 갖게 되는 거야.

마지막으로 예술가들은 불확실성에 늘 노출되어 있어. 지금 연습하는 공연이, 지금 그리는 그림이, 지금 작곡하는 곡이 사람들에게 어떻게 받아들여질지 결코 알 수 없다는 거야. 이것은 창작 활동을 하는 예술가로 사는 한 결코 피할 수 없는 숙명으로 받아들여야 해. 문제는 동료나 선후배 등 누군가의 성공을 보면 동시에 비교에서 오는 열등감과 열패감이 커지기도 하는데, 때때로 자신이 열등감을 느낀다는 것, 자존감이 낮아졌다는 사실에 더 큰 스트레스를 받을 때도 있다는 거야. 내가 이것밖에 안 되나, 내가 왜 이런 자극에 예민하게 굴고 있나 하는 자기 부정적인 생각을 하며 말이야.

자연스러운 감정, 열등감

《미움받을 용기》(인플루엔셜, 2014)와 같은 책으로 주목받고 있는 아들러는 우리를 괴롭히는 '열등감'이라는 개념을 체계적으로 도입한 정신분석가이자 심리학자야. 그가 정의하는 '열등감'에 대해 주의 깊게 들여다볼 필요가 있어. 아들러에 따르면 '열등감'은 병적이고 이상한 상태가 아니라, 모든 인간이 자연스럽게 경험하는 정상적이고 기본적인 감정이라는 거야. 그러니까 사람이라면 누구나 삶의 어느 시점에서 보편적으로 열등감을 느낄 수 있다고 해. 특별히 우리가 보잘것없거나 나약해서 그런 게 아니라는 거지. 오히려 적당한 열등감은 개인이 성장하고 발전하기 위해 노력하는 데 동기부여가 된다고 이야기해.

그러니 비교되고 부족하다는 느낌의 자극을 받을 때, 그 자극에 대한 반응으로 좌절, 무기력, 분노, 원망을 선택할지, 동기부여, 노력, 성장, 발전을 선택할지 우리의 의지로 결정할 수 있다는 건데, 그것 참 다행스럽고 반가운 일 아니겠어?

자극과 반응 사이에 공간이 있다.

우리는 반응을 선택할 자유와 힘이 있다.

그리고 어떤 반응을 선택하는지에 따라

우리 삶의 질이 결정된다.

– 빅터 플랭크의 《죽음의 수용소에서》 중에서

결국 우리는 예술가로 사는 한 어떤 때는 골수를 저격한 듯 정확하기도 하고 또 어떤 때는 들을 가치도 없는 헛소리 같기도 한 비교와 비평을 끊임없이 받게 될 거야. 예술가의 삶에서 이것만큼은 빼거나 피할 수 없음을 받아들이기로 하자.

대신 그 자극들에 대해 어떠한 반응을 선택할지 이야기해보자고. 서울대 철학과 박찬국 교수의 저서 《삶은 왜 짐이 되었는가》(21세기북스, 2017)에 나오는 하이데거 이론에 따르면, 인간의 자살이나 우울감은 타인과의 비교, 인간의 도구화로 인한 무력감으로부터 나오는 것이라고 해. 이에 대한 해결책으로 하이데거는 모든 사물, 자연, 개인으로부터 고유한 존재를 경험하고 경이를 느끼는 것을 제시하지.

존재자들이 갖는 고유한 존재를 경험하는 것을

하이데거는 '존재경험'이라고 한다.

돌이나 꽃 서로를 비교하는 것이 아니라,

그 자체의 본연의 아름다움을 들여다보는 것.

- 박찬국의 《삶은 왜 짐이 되었는가》 중에서

"나는 다른 누구도 될 수 없다"

우리 말이야, 자신과 타인이 작품활동을 하는 방식, 그리고 예술가로서의 목소리와 스타일을 그대로 인정하고 소중히 여기는 것에서 출발해보기로 해. 배우 오드리 헵번은 "나는 다른 누구도 될 수 없다. 나 자신이 되는 것이 내가 할 수 있는 최선이다."라고 했어. 또 배우이자 가수인 윌 스미스는 "나를 위해 거의 아무것도 하지 않는 사람들이 나의 생각, 느낌, 감정을 휘두르게 두지 마세요."라고 했지. 타인과의 비교로 좌절이나 교만함을 느끼는 것은 사실 아무짝에도 쓸모없는 감정이야. 타인은 나팔꽃, 나는 국화라는 것을 받아들이는 것, 타인과 사물, 자연의 존재들에 경이를 느끼면서 오히려 나의 존재와 성장에 초점을 두는 것이 중요하지.

더불어 비교와 평가에서 벗어나, 성공이나 성취라는 잠깐의 결과 대신 창작하는 과정 자체에 집중하고 몰입하는 것도 중요해. 아일랜드의 문학가 조지 버나드 쇼가 "성공은 단순히 자신의 능력을 노출시키기 위해 기회를 기다리는 것이 아니다."라고, 또 영국 최고의 극작가 윌리엄 셰익스피어가 "얻은 것은 이미 끝난 것이다. 기쁨의 본질은 그 과정에 있으므로."라고 과정으로서의 삶을 강조한 것처럼 말이야.

들판을 끝까지 성공적으로 가로지르기 위해서는
매일의 여정에 희락이 넘쳐야 한다.
희락이란, 무엇인가를 이루기 위해 어려운 일들을 해낸 다음에
찾아오는 감정이 아니다. 희락은 전속력으로 질주하고 있는
바로 그 순간 우러나오는 감정이다.
전속력 질주, 그 자체에서 즐거움과 행복을
느끼지 못한다면 결코 완주할 수 없다.
과정을 즐기는 법을 배워라.
깃발을 나부끼고, 채찍을 휘두르고, 전속력으로 질주하는
그 모든 수고를 즐거운 놀이로 만들어라.

– 강헌구의 《가슴 뛰는 삶》 중에서

삶은 종이 퍼즐과 같아서

혹시 그대에게만 아무 일도 일어나지 않고 아무런 보상도 없다고 느끼는 중인가? 나 역시 열패감에 빠져 무기력한 나날을 보내던 때가 있었는데, 화가로서 누구보다 지난한 작업의 늪을 잘 알고 있던 친언니가 이런 이야기를 해주었어. 삶이라는 게 살아보니 하나의 종이 퍼즐과 같아서 그림이 아주 빛나고 재미있는 부분도 있지만 같은 색과 모양만 반복되는 아주 지루하고 싫증나는 부분도 있다고.

만약 그대가 무기력과 열등감에 빠져있다면 퍼즐의 빛나는 부분을 매만지고 있거나 퍼즐을 완성한 타인을 보며 부러워하고 있는 건지도 몰라. 하지만 퍼즐이라는 것은 빛나는 부분도 지루한 부분도 모두 맞추어야 한 판의 아름다운 그림으로 완성되잖아. 비록 지루하고 비슷한 색이 반복되는 부분을 맞추는 중이라도 그대가 퍼즐을 하고 있다는 것은 변하지 않는 사실이야. 그리고 그 부분 또한 피하거나 대충 할 수 없는 퍼즐의 소중한 한 부분이지.

현실적인 삶은 몇 달이나 몇 년에 걸쳐 치밀하게 준비한 군사 작전처럼 극적으로 웅장하게 전개되지를 않고, 하루하루 살아가며 우리가 행하는 온갖 예사롭고 하찮은 처신에 따라 운명의 진로와 모양새가 결정된다. [...] 세상이 더럽고 부당하고 힘들고 역겹다는 생각이 들 때는 똑같은 세상을 낙원이라고 생각하며 행복하게 살아가는 수많은 다른 사람들이 존재한다는 사실을 잊으면 안 된다.

— 안정효의 《읽는 일기》 중에서

빌 게이츠의 인생 명언대로 "인생은 불공평하며 그 불공평함에 익숙해져야 한다"면 우리, 불평하고 좌절하고 고통받는 데 에너지를 쏟지 말자. 대신 자연과 사물, 그리고 나 자신과 예술가로서의 나의 작업에 대해 존중하고 경탄하면서 성장하는 데 익숙해지자. 그 예사로움과 익숙함이 예술가로서의 삶을 넘어 우리의 온 생애를 좀 더 세련되고 품위 있게 만들어줄 것을 기대하면서 말이야.

예술을 해서 우울한 것일까, 우울해서 예술을 하는 것일까

일반적으로 사람들이 떠올리는 '예술가'의 이미지는 어떨까?

창의적이고 독특한 괴짜 같다고 잘 포장될 수도 있겠지만 대부분은 '예민하다, 우울하다, 까탈스럽다, 불안정하다, 신경질적이다'와 같이 다소 부정적이고 신경증적인 이미지를 떠올릴 거야.

그럴 만한 것이, 반 고흐나 모차르트 등 수많은 예술가들이 그러한 특징을 갖고 있었거든. 요즘에도 어떤 예술가가 우울증을 앓고 있다거나 스스로 목숨을 끊었다거나 하는 소식을 심심찮게 접하기 때문이기도 하고. 얼마 전 세계적으로 유명한 배우가 자살했다는 뉴스를 보면서 이틀 정도 아무 일도 손에 잡히지 않았던 적이 있어. 개인적으로 아는 사이가 아니라 해도 유난히 적응이 되지 않는 소식… 하나의 사건이 잊히기도 전에 또 다른 예술가로 이어지고 이어지는 소식이기에, 젊은 예술가들의 우울과 불안을 누군가는 드러내 이야기해야 하지 않을까 하는 생각을 더 강하게 했어.

창조적 광기

예술가의 정신세계와 기질에 대한 우려는 아주 오래된 일이야. 많은 철학자가 미학과 함께 예술가들의 광기와 창조성을 언급해 왔거든. 철학자 플라톤은 《공화국》에서 예술가와 시인들의 창작 활동을 신적 영감에서 기인한 비정상적인 마음의 상태, 즉 광기에 의한 활동으로 보았어. 그러면서 예술적 영감은 신이 내린 선물로서 신성에 의한 것임을 존중하였지만 이상적인 국가를 위해서는 엄격히 배제해야 한다는 입장을 취했지. 플라톤 역시 청년 시절 촉망받는 시인이었던 것을 생각하면, 그가 시를 창작하는 과정, 사람들에게 시를 읊어주던 과정에서 예술이 얼마나 강력한 정서적, 정신적 에너지를 요구하는지 알게 된 것이 아닐까 싶어.

우리가 찬미하는 저 위대한 시의 저자들은 어떤 예술의 규칙들을 통한 탁월함을 얻으려 하지 않고, 영감의 상태에서 자기 것이 아닌 영혼에 사로잡힌 채 노래한다.

그래서 서정시의 시인들은 신성한 광기의 상태로 시의 아름다운 멜로디를 노래하는 것이다. 어떤 시인도 영감을 받기 전에는, 말하자면 광기에 사로잡히기 전이나 이성이 그의 안에 머물러 있을 동안에는 시라고 불리울 가치가 있는 것을 만들어낼 수가 없다.

– 플라톤의 이온 533E

프리드리히 니체도 예술가가 창작을 하는 과정에서 흔히 겪는 광기를 '창조적 광기'라고 설명했어. 니체는 청소년기부터 삶 전반에 걸쳐 편두통과 조울증을 겪었어. 우울증이 올 때면 지나가기만을 기다리다가 경조증 상태가 되면 창의적 영감이 최고조에 이르러 흥분상태에서 빠르게 저술작업을 이어 나갔다고 해. 철학자 쇼펜하우어도 그의 저서 《의지와 표상으로서의 세계》(을유문화사, 2019)에서 창의성과 광기가 서로 미세한 경계로 연결되어 있다는 주장을 했어. 강렬한 열정과 혼란에 의한 광기는 천재적인 창조성의 원동력이 되기도 하지만 그로 인해 역사상 많은 예술가와 사상가가 정신병증을 앓았다고 강조하지. 그러니까 고대부터 지금까지 예술가가 무엇인가를 창작하는 것에 대해 영적이자 정신적인 영역으로서 신비함과 두려움을 동시에 가져왔던 거야.

예술가의 조증과 창의성

그렇다면 정말로 예술가는 철학자들의 분석처럼 일반인에 비해 정신적으로 광기가 있거나 어떠한 부분이 취약한 것일까? 창의적인 활동과 정신병증 사이의 관계는 복잡해서 모든 사람에게 적용될 수는 없을 거야. 하지만 최근 다양한 분야의 연구를 통해 예술가의 정신적 취약성이 어느 정도 검증되고 있어. 특히 영감과 창의적인 과정이 중요한 예술가일수록 감정의 영향을 직접적으로 받을 수 있다고 해. 일반적인 업무를 하는 직업을 가진 사람들보다 더 강렬하고 더 폭넓은 감정을 지속적으로 경험할 수밖에 없기 때문일 거야.

다만 예술가의 우울증과 조울증(양극성장애)에 대한 연구는 조금 다른 양상을 띠고 있어. 앞서 언급한 니체와 같이 조울증을 앓은 예술가들의 경우, 조증 기간과 뛰어난 업적을 만들어내는 창의성이 일부 연관이 있을 수 있다는 거야. 1960년부터 1990년까지 〈뉴욕타임스〉 서평에 전기가 게재된 1,005명을 표본으로 삼은 루트비히Ludwig의 유명한 연구(1992)에서는 예술가의 경우 8.2%가 조증 병력이 있지만 비예술가는 2.8%에 그친 것으로 나타났어.[14] 루트비히의 다른 연구(1994)에서는 59명의 여성 소설가를 대상으로 기분장애에 대한 조사를 진행했는데, 소설가 그룹의 조증 비율(19%)이 일반인 그룹(3%)에 비해 높은 것으로 나타났어.[15]

그렇지만 전기 연구의 경우 기분 변화가 심한 사람이 자신이나 사회에 대해 글을 쓸 가능성이 더 높을 수도 있기 때문에 이 연구만으로 일반화하는 것은 조심할 필요가 있어. 그럼에도 여러 방법론에 따른 다양한 연구에서는 창의적인 활동에 종사하는 예술가들에게 양극성 장애인 조울증이 비교적 높게 나타나는 것으로 보고되고 있어.[16,17,18,19] 모든 뛰어난 예술가 조울증을 앓는 것은 아니지만 조울증이 있는 일부 예술가는 가벼운 조증의 기간에 기분과 자신감이 고조되고, 목표에 대한 욕구, 경험에 대한 개방성, 충동성이 커지면서 더 많은 창의적 작업물을 뽑아내기도 한다는 거야. 시인 에밀리 디킨슨은 경조증이 있는 동안 다른 기간에 비해 10배나 많은 시를 창작하기도 하고 작곡가 슈만도 조증기에 더 많은 작곡을 했다고 알려져 있어.[20]

직업상자 속의 우울이라는 조각

그렇지만 우울증은 얘기가 조금 달라. 오랫동안 우울증이 예술가의 창의성과 관련이 있을 것이라는 주장이 제기돼 왔지만, 직접적인 상관관계가 없다는 연구결과가 나오고 있기 때문이야.[21,22,23] 그럼에도 예술가들이 우울증을 자주 겪고 우울감을 느끼는 것은 기질과 유전적인 영향과 함께 예술가로 살아가는 삶 속에서 비롯된 것이라고 할 수 있어. 과도한 경쟁, 경제적 어려움, 무질서한 생활습관, 창작 활동에 대한 스트레스, 비교와 불안과 같은 것들.

만약 우울증과 조울증으로 의심되거나 진단을 받은 젊은 예술가가 있다면 우선은 적극적으로 치료할 것을 권해. 우울증을 마음의 감기라고 이야기하는 것은 그만큼 누구나 쉽게 걸리고 또 치료에 대한 접근도 쉽다는 것을 의미하잖아. 그렇다고 우울증을 결코 가볍게 다뤄서는 안 돼. 감기를 방치하다가 심각한 폐질환으로 넘어갈 수도 있는 거니까. 그러니 병원에 찾아가 마음의 치료를 받는 것을 거부하거나 두려워하지 않아야 해. 다만, 모든 치료는 그 결과가 다음과 같은 세 가지로 나타날 수 있다는 것을 기억하자. 첫째, 발병하기 전의 생활로 완벽하게 돌아가 아프기 전의 상태처럼 온전히 건강해지는 것, 둘째, 이전 상태처럼 건강을 온전히 되찾지는 못했지만 증상이 나아지는 것, 그리고 셋째, 완전한 건강을 되찾지도 증상이 썩 나아지지도 않았지만 더 악화되는 것을 막아주거나 진행 속도가 더디도록 돕는 것.

수년간 전 세계 자기계발서의 베스트셀러 자리를 지킨《타이탄의 도구들》(토네이도, 2022)의 저자 팀 페리스는 심한 강박과 조울증, 스트레스를 받았던 어느 해를 언급하면서 결국에는 증세들을 치료한 것이 아니라 조울증이 기업가 생활의 일부일 뿐이라는 사실을 깨닫게 되었다고 이야기해.

우울해서 예술을 하는 것인지, 예술을 해서 우울한 것인지 여전히 알 수는 없어. 다만 예술가라는 직업상자 안에는 행복, 기쁨, 희열, 보람과 함께 우울이라는 조각이 하나의 세트로 들어있다는 것을 받아들이는 거지. 단 그 조각이 너무 커져 생활과 생명을 난도질할 정도가 된다면 우리의 행복을 위해 언제든 잠시라도 과감히 던져버릴 용기가 꼭 있어야 해. 그까짓 예술 따위!

젊은 예술가의
불안
마주하기

'안녕, 초코구름. 내가 걱정돼서 또 찾아왔구나.

사랑해. 고마워. 하지만 네가 오래 필요하지는 않으니

잠시 머물러 있다 흘러가주렴.'

나에게 한 번씩 깊고 무거운 '불안'이 찾아오면 마법의 주문처럼 읊조리는 말이야. 부정적인 감정에 이름을 붙여주면 감정을 대상화할 수 있어서 긍정적인 역할을 한다길래 이름을 한번 지어봤지. 왠지 어둡고 찐득거리지만 나의 방어기제로 역할하는 달콤 쌉싸름한 초코, 그렇지만 찰나의 반응이자 결국 흘러가는 감정이니까 구름의 이미지를 더해 '초코구름'.

참고로 내 '우울감'의 이름은 오래 묵힌 회색빛깔 '먼지구름'이야. 얘들은 말이야, 얼마나 정확하고 성실한지 몰라. 내가 현재에 집중하지 못하고 과거의 상처나 후회에 머물러 있으면 어김없이 우울한 '먼지구름'이 찾아오고(우울함 : 슬프고 불행한 감정에 놓여있는 정신상태), 반대로 미래의 걱정과 스트레스에 압도당해 있으면 불안한 '초코구름'이 찾아와 있어(불안함 : 걱정이나 근심으로 불편한 정신상태). 틱낫한 스님이 "우리 시대 질병인 불안은 주로 현재를 인식하며 살지 못하는 무능력에서 비롯된다."라고 지적한 것처럼 두 구름은 내가 과거, 현재, 미래 어디에 집중하고 있는지를 알게 해주는 정확한 척도지.

우울하면 과거에 사는 것이고

불안하면 미래에 사는 것이고

편안하면 이 순간에 사는 것이다

– 노자의 《도덕경》 중에서

예술가의 생활 불안

주위 젊은 예술가들의 불안을 살펴보면 크게 두 가지로 나뉘다고 할 수 있어. 첫째는 생계나 진로나 성공 등 삶 전반에서 불안을 느끼는 '생활 불안'으로, 일상에서 마주하는 경제적 불안, 진로에 대한 불안은 사실 청년이라면 누구나 겪는 게 아닐까 해. 내가어떤 사람이 될지, 성공하게 될지, 돈은 많이 벌게 될지, 연애와결혼은 할 수 있을지… 청소년기 이상으로 불확실한 상황에 노출되는 시기니까 어쩌면 당연한 걱정과 불안이라고나 할까. 여기에 더해 젊은 예술가들은 직장에 다니는 청년들보다 안정적인 소득과 진로의 명확성이 크게 떨어지기 때문에 경제적 궁핍에 따른불안과 스트레스가 클 확률이 높고 대인관계에 있어 더 심각한문제를 겪을 수 있어.

소설가 알랭 드 보통은 그의 책 《불안》(은행나무, 2011)에서 "불안의 원천은 내가 현재의 모습이 아닌 다른 모습일 수도 있다는 느낌"이라며 풍요로움의 시대에 오히려 더 성공하고 싶은 욕망이늘어나다 보니 궁핍에 대한 공포와 불안의 수준도 함께 높아졌다고 강조하고 있어. 어린 시절 그저 좋아서, 잘해서, 행복해서하던 예술이 돈과 명성, 사회적 지위로까지 그 영향력이 커지면서 예술을 추구하면 할수록 불안을 느끼게 되는 거야. 특히 나와어떻게든 연관되는 주변인과의 비교는 불안을 더 키우지. 일면

식도 없는 셀럽의 성공은 부러워하지 않으면서 같이 졸업한 친구의 작은 성취에는 질투와 불안을 느끼는 것처럼 말이야.

결국 사랑받고 인정받고 성공하고자 하는 기대가 크면 클수록 불확실한 미래에 대한 불안의 먹구름도 더 짙어지게 마련이야. 알랭 드 보통은 책에서 불안을 극복하는 방법으로 '종교', '정치', '철학', '보헤미아'와 함께 삶의 비평으로서의 '예술'을 제시하고 있어. 많은 전문가들이 우울과 불안의 해소 방안으로 '예술'을 하라고 하는데 이미 많은 예술가들이 우울과 불안에 고통받고 있다는 것은 아마 모르고 있거나 무시하는 게 아닐까 해. 누군가 간혹 나에게 예술을 하는데 왜 우울하고 불안하냐고 물어오면 나는 예술을 하는 덕분에 이 정도 살 수 있는 거라고 농담처럼 답변을 하지. 답답한 노릇이야. 취미로서의 예술은 행복하겠지만 생계로서의 예술은 언제나 불안을 동반하니까.

창작에 뒤따르는 수행 불안

둘째로 예술가는 생계와 불안정성에서 오는 불안뿐만 아니라 창작과 실연에서 오는 불안도 감당해야 해. 바로 개인의 작업과 연습, 연주, 활동에서 어려움을 겪는 '수행 불안performance anxiety'

이지. 예를 들어 화가의 백지 불안, 작가의 쓰기 불안, 배우와 무용수, 연주자의 무대공포증 같은 것들을 말해.

화가나 디자이너의 백지 불안과 작가의 쓰기 불안은 대부분 창의적이고 좋은 작품을 완성해야 한다는 스트레스에 기인하고 있어. 이들은 생각이 거의 끊이지 않게 두뇌를 사용하면서 대충 먹고 대충 자고 고정된 자리에 오랫동안 앉아있는 경우가 많지. 혼자 고립된 채 시간을 보내다 보니 결국 창의성은 고갈되고 점점 자기 비판적이 되면서 못 해낼지도 모른다는 불안감이 엄습하게 되는 거야. 정신의학적으로는 모두 정신건강 문제를 불러일으킬 수 있는 매우 강력한 요인들이라고 해.

배우와 무용수, 연주자들의 무대 불안(무대공포증)은 충분한 연습 여부, 통증이나 부상 등 신체 컨디션, 반복적인 실수에 대한 강박 등 다양한 요인들로 인해 나타나는데, 대부분의 무대 공연자들이 경험하는 불안이야. 실제 미국에서 경험이 많은 전문 배우 136명을 대상으로 설문조사 한 결과 대상자 중 무려 84%가 무대공포증을 경험한 것으로 나타났어. 갑자기 얼어붙거나 숨이 막히는 현상을 겪은 거지.[24] 노르웨이에서 880명의 예술대학생을 대상으로 진행한 역학조사에서도 음악과 미술 전공 학생들의 불안이 일반 학생들에 비해 더 높은 것으로 나타났어. 전 세계 예술가들이 예술을 하면서 오히려 불안하고 아프게 된다는 것이 참 마음 아픈 현실이라고 생각해.

두려움은 사랑으로 싸우자

앞에서 잠깐 이야기한 것처럼 불안은 결국 나를 지키기 위해 생겨나는 거야. 비록 그 실체가 명확하지는 않지만 나의 자존감이나 정체성이나 미래가 위협받는다고 느낄 때 불안이라는 감정으로 신호를 주는 것이지. '아, 내가 지금 어떤 일을 앞두고 이러이러한 이유로 불안하구나!' 하고 인지가 되고 통제와 조절이 가능한 불안이라면 오히려 용기를 주고 변화를 자극하는 좋은 동기요인이 될 수 있어.

문제는 불안을 무시하거나 불안에 압도될 경우 우리 몸이 그것에 적응하고 대응하기 위해 다양한 증상을 보일 수 있다는 거야. 이것은 전문가의 도움이 필요하다는 신호일 뿐만 아니라 불확실하고 다가오지 않은 미래에 그대가 지나치게 매여있다는 것을 의미해. 불안정한 직업으로 생계를 유지하면서 동시에 독창성과 창의성, 노련함과 숙련됨을 보여줘야만 하는 예술가들은 불안이라는 녀석이 그림자처럼 따라다닐 거야.

우선 책과 유튜브 강의를 통해 건강한 식습관, 수면습관, 생활 루틴, 명상과 운동, 약물치료 등 불안을 이기는 고전적인 정답들을 한번 따라가 보길 바라. 이에 더해 오늘도 어김없이 머물렀다 가는 '초코구름' 아래 있는 선배로서 좀더 떠들자면, 두려움은 사랑으로 싸우자는 거야.

고립과 적대감은 사랑이 적다는 뜻입니다.
사랑이 부족하다는 것은 두려움을 뜻하죠.
두려움을 이기려면 삶을 사랑으로 가득 채워야 합니다.
현재와 미래가 두렵다면, 당장 다른 존재들에게
'사랑한다'고 이야기해보세요.

– 아서 브룩스(하버드 대학교 교수)

사랑으로 싸운다는 것은 우선 그대의 불안한 감정에 귀여운 이름을 지어주고, 그가 찾아오면 왔구나 하고 감정의 존재를 알아채 주는 것이야. 그리고 나의 정체성과 자존감을 지켜주기 위해 불안이 찾아와준 것에 고마움과 사랑의 마음을 표현해주는 거지. 하지만 여기에 더해 꼭 말해주어야 할 것이 있어. "내가 과거에, 혹은 미래에 머물렀나 보구나. 다시 현재라는 공간과 시간과 나에 충실할 테니 불안, 너는 나를 그만 지키고 흘러가도 돼. 현재에 있으면 나는 안전해."라고 말이야.

젊은 예술가를
완전히 죽이는
검은 중독

우울이나 불안이 자기 자신을 공격하고 파괴하는 일이라면 '중독'이란 무엇일까. 자신은 물론 자신의 일과 환경, 그리고 주위 사람들 모두를 파괴하고 범죄에까지 이르게 하는 무시무시한 독약이라 말하고 싶어. 영어의 gift는 '선물'을 뜻하는데 그 모양과 어원까지 같은 독일어의 gift는 '선물'이라는 뜻과 함께 '독약'이라는 의미도 갖고 있지. 유독 젊은 예술가들에게 갖가지 중독 증세와 범죄 이슈가 많은 것은 금단의 선악과처럼 중독이라는 독약이 치명적인 선물로 변장하여 그들을 미혹했기 때문은 아닐까.

금단의 선악과, 술과 약물

우리나라는 특히 술에 관대해서, 젊은 예술가들은 알코올에 대해 무딜 뿐만 아니라 예술가라면 술을 잘 마셔야 한다는 이상한 편견을 갖고 있기도 하지. 술에 대한 자부심이나 예찬을 심심찮게 접하는 건 물론이고 말이야.

호주의 대표적인 공연예술가협회인 평등재단Equity Foundation에서 회원 620명을 대상으로 조사한 음주 관련 연구에 따르면, 공연예술가들은 일반인보다 높은 수준으로 알코올을 소비하고 있는 것으로 나타났어. 남성의 약 40%, 여성의 31%가 위험한 수준으로 분류되었지.[25] 젊은 예술가들의 알코올 소비는 어렵지 않게 찾아볼 수 있는데, 역사 속 수많은 미술, 연극, 오페라 작품 등을 들여다보면 생각 이상으로 예술가들이 얼마나 술과 약물과 가까이 있었는지 알 수 있어.

반 고흐는 값싼 술인 압생트에 중독되어 살았어. 압생트는 19세기 녹색의 마법이라 불린 술인데 반 고흐는 이에 취해 초현실적인 분위기의 작품을 만들어낸 것으로 알려져 있지. 화가 모딜리아니도 늘 술에 취해 있었고 결국 술로 몸이 망가지기도 했어. 독일의 문학평론가 알렉산더 쿠퍼의 저서 《신의 독약》(책세상, 2000)에 따르면, 16세기 들어 값싸게 브랜디가 보급되면서 음주를 넘어 폭음이 유행했고, 19세기 낭만주의 사조에서는 알코올과 마약이 주는 도취의 체험에 스스로 몸을 던졌다고 해. 또 20세기 아방가르드 운동에 이어 초현실주의와 다다, 미국의 비트 제너레이션, 플라워 무브먼트, 사이키델릭에 이르기까지 전 세계에서 예술에서의 약물 사랑은 그치지 않았어.

끊이지 않는 예술가들의 마약 문제

〈악의 꽃〉이라는 작품으로 유명한 시인 보들레르는 해시시(아편과 대마초의 일종)에 찌들어 살았고, 화가 파블로 피카소의 아편사랑도 유명하지. 아편 냄새를 두고 "세상에서 가장 지능적인 냄새"라고 찬양하기도 했거든. 유명한 래퍼 스눕 독은 대마초나 마리화나를 즐기며 "약물을 더 많이 할수록 더 헌신적이다."라고까지 말했지. 프랑스 작가이자 영화감독인 장 콕토는 아편에서 시작해 코카인과 모르핀까지 과도하게 마약에 중독되었어. 그는 1930년 출간한 그의 책《아편 : 치료일지》를 통해 한때 아편은 "삶을 바라보는 새로운 방식, 이전에 경험하지 못했던 행복감과 안정감을 주는 것이었다."고 묘사했지만, "내 생명을 빼앗아 가

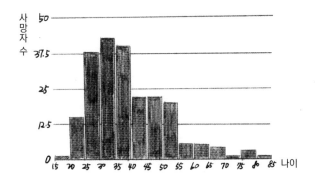

사
망
자
수

50 ─────────────

37.5 ─────────────

25 ─────────────

12.5 ─────────────

0

15 20 25 30 35 40 45 50 55 60 65 70 75 80 85 나이

1970년부터 2015년까지 약물 남용으로 사망한 유명인의 사망 연령 분포

고 의지력을 무너뜨리는 이 괴물로부터 벗어나고 싶다."고 부르
짖기도 했어. 책을 통해 금단현상의 고통을 솔직하게 이야기한
거지.

안타까운 것은 현대에 들어서도 젊은 예술가들의 마약 문제
가 나아지지 않고 있다는 점이야. 2016년, 〈약물 남용 치료, 예
방 및 정책〉에 발표된 연구결과를 주의 깊게 볼 필요가 있어.[26]
1970~2015년 사이 마약 관련으로 사망소식이 언론에 난 유명
인사 220명을 조사했는데, 그 가운데 무려 70%가 예술가였던

거지. 음악가가 38.6%, 배우가 23.2%, 작가가 5.5%, 그 외 장르의 예술가들은 6.4%를 차지했는데 사업가(4.5%), 정치인(1.4%)에 비하면 엄청나게 높은 수치라고 할 수 있어. 더 심각한 문제는 마약과 관련한 이들의 사망 연령이 대부분 25~40세 사이였다는 거야.

왜 예술가는 술과 약물에 취약한가

우리나라는 2016년 이후 더 이상 마약 청정국이 아니야.* 드러난 마약 사범은 2만 5천 명이지만 감춰진 '암수' 중독자는 50만 명에 달할 것이라 분석하고 있어. 그 가운데 예술가의 수가 얼마나 되는지 정확히 파악된 자료는 없어. 하지만 마약 사범의 60%가 30대 이하라고 하니, 수시로 터지는 젊은 예술가들의 마약 범죄 뉴스가 결코 희귀한 일은 아닐 거야. 예술가들은 직업 특성상 알코올이나 약물에 취약할 수 있거든.

그 이유를 한번 살펴볼까? 우선 배우든 작가든 높고 깊은 수준의 민감한 감정을 경험하게 되는데, 이는 풍부한 창의성과 연

---

* 유엔은 인구 10만 명당 마약 사범 20명을 마약 청정국 마지노선으로 보는데 한국은 2016년 25명을 기록했고 2023년에는 35명에 이르렀다.

결되는 동시에 한편으로는 극심한 스트레스와 정서적 문제를 초래할 수도 있어. 이를 벗어나는 손쉬운 방법으로 약물에 의존하는 거지. 둘째로 예술계는 대체로 실험적이고 개방적이다 보니 좀 더 창조적인 탐험을 장려하면서 일부 약물이나 알코올에 수용적인 태도를 보이기도 해. 셋째로 예술가들의 불규칙한 생활습관과 불안정한 인간관계, 높은 스트레스가 약물 사용의 위험도를 높이기도 하지. 그러나 이 같은 상황에 놓여있다고 해서 모든 예술가가 손쉽게 술을 마시고 약물에 손을 대는 것은 아니야. 그리고 어떠한 이유로도 부적절한 약물 사용은 범죄이고 용인될 수 없는 일이야. 즉, 예술가 개인의 성향과 의지, 경험과 주위 환경 등 다양한 요인에 의해 약물 남용의 여부는 크게 달라질 수 있어.

알코올 중독, 마약 중독 외에도 흡연 중독, 성 중독, SNS 중독, 쇼핑 중독 등 우리는 우리의 이야기를 만들며 살지 않으면 자본주의의 거대한 그늘이 만들어낸 어둠의 중독에 쉽게 빠져들 수밖에 없어. 안타깝지만 그에 저항하거나 잘못 발을 들였을 때 빠져나오거나 하는 것은 거의 불가능에 가깝다고.

그러니, 젊은 예술가들이여, 제발.

애초에 그대들의 인생 안에 절대 약물 따위 발 디딜 수 없게, 궁금해하지도 알려고 하지도 말기! 내 인생이 재미없으면 남의 인생으로 살게 된다는 것! 그리고 결국 어둠의 시스템에 갇혀 벗어날 수 없게 된다는 것을 분명하게, 단단하게 기억하기를!

한 인간을 중독으로 몰아가는 것은 헤로인이나 알코올, 니코틴, 코카인 따위가 아니다.

바로 현실에서 벗어나고자 하는 욕구다.

– 주디스 그리셀의 《중독에 빠진 뇌과학자》 중에서

다을니

쩌술더 Ⅲ

어예했

⋯⋯

인간관계라는 난제

젊은 예술가를
무너뜨리는
가스라이팅의 함정

　자, 이제 젊은 예술가들의 인간관계에 대해 이야기하려 해. 젊은 예술가만큼 가스라이팅*에 흔하게 노출되는 사람들이 또 있을까 하는 생각이 들어 이 이야기를 꼭 하고 넘어가야 할 것 같아. 예술가가 된다는 것은 아동, 청소년기를 지나 청년기로 성장하기까지 부모님이나 스승 등 누군가의 직간접적인 도움이 반드시 필요한 일이야. 그렇기 때문에 다른 어느 업보다 젊은 예술가들에

---

* 가스라이팅(gaslighting): 타인의 심리나 상황을 교묘하게 조작해 그 사람이 스스로를 의심하게 만듦으로써 타인에 대한 지배력을 강화하는 행위로, 〈가스등(Gas Light)〉(1938)이란 연극에서 유래한 용어이다. 가스라이팅은 가정, 학교, 연인 등 주로 밀접하거나 친밀한 관계에서 이뤄지는 경우가 많은데, 보통 수평적이기보다 비대칭적 권력으로 누군가를 통제하고 억압하려 할 때 이뤄지게 된다. (시사상식사전)

게 빈번하게 가스라이팅이 일어날 수 있어. 그러니 상대가 누구이든, 의도적이든 아니든 관계없이 우리 젊은 예술가들은 우선적으로 가스라이팅을 이해하고 그 신호를 알아챌 수 있어야 해.

그대를 가스라이팅 하는 사람들

젊은 예술가들을 가스라이팅 하는 사람은 주로 크게 두 가지 유형으로 나눠볼 수 있어. 첫째는 예술은 잘 모르지만 나를 잘 안다고 생각하는 사람이야. 주로 가족, 친지 가운데 손윗사람일 경우겠지. 둘째 유형은 내가 하는 예술 장르와 같은 계열에 있으면서 나보다 더 권위 있게 여겨지는 사람 혹은 더 성공한 것 같은 사람인데, 주로 갑을 관계가 될 수 있는 스승이나 선배야.

젊은 예술가들이 겪는 가스라이팅은 크게 세 가지 신호가 있어. 이것을 알아채는 게 중요해.

첫째, 나 자신에 대해 의심을 갖게 만든다.

이상하게 가족이든 선배든 어떤 사람을 만나고 오면 나 자신에 대해 자꾸 의심하게 되는 경우가 있을 거야. 만나면 만날수록 힘이 되고 의욕을 갖게 되는 사람이 있는가 하면 그 반대인 경우도 있는데, 만나거나 연락을 하면 할수록 자꾸만 '내가 잘하고 있

151

는 게 맞나?', '내가 예술가로서 능력이 있는 게 맞나?' 하고 나 자신과 나의 예술 활동을 의심하고 저평가하게 만드는 경우지.

둘째. 스스로 죄책감을 갖게 만든다.

그렇게 의심이 반복되면 결국 내가 잘못 살고 있는 것 같다는 생각을 갖게 되지. '저렇게 나를 걱정해주고 생각해주는 사람들이 있는데 그들의 말을 듣고 보니 내가 내 고집만 피우고 내 맘대로 살고 있는 것은 아닌가?', '내가 죄를 짓고 있는 것은 아닌가?' 하는 자책감과 죄책감을 느끼게 되는 거야.

셋째. 부정적 감정을 반복적으로 오랫동안 느끼게 된다.

그런 사람들을 만나고 오면 최소 2~3일에서 최대 몇 달까지 나를 부정하고 자책하는 생각들에 사로잡히곤 해. 그래서 그들을 만나고 올 때마다 '당분간은 안 만나야겠다.', '앞으로는 절대 안 봐야겠다.'고 다짐하지. 그런데 혈연이나 같은 예술 분야 안에 묶여 있기 때문에 도저히 안 만날 수가 없는 거야.

이렇게 만남을 가질 때마다 나를 부정적인 감정 속으로 쑤셔 넣는 사람들이 있다면? 내가 가스라이팅을 당하고 있는 것은 아닌가 고민해볼 필요가 있어.

내가 널 잘 알지

그렇다면 젊은 예술가들을 가르치거나 조언하거나 통제하는 모든 사람들이 가스라이팅을 하는 사람들일까? 그렇지 않아. 가스라이팅 족속들이 평소 잘 쓰는 언어에는 특징이 있어. 우선 나보다 나를 더 잘 아는 척하면서 나를 정의하려 들어. 또 나의 부정적인 면과 문제점을 부각하면서 잔인하게 공격하는 경향이 있지. 만약 다음과 같은 언어를 자주 쓴다면 가스라이팅일 확률이 조금 더 높다고 봐도 돼.

"다 너를 위해 하는 말이야."
"내가 너를 잘 알지! 너는 이렇잖아! 이러한 사람이잖아."
"네 문제는 이거야! 너는 그러니까 안 되는 거야!"

무턱대고 나를 평가하고 판단하면서 나에게 죄책감과 좌절감을 심어주고, 여기에 확증편향의 고압적 자세로 "내 말 맞지?", "너 그렇지?", "내가 널 잘 알지?"라는 질문으로 그렇다는 대답이 나올 때까지 나를 몰아붙이는 사람이라면 가스라이팅이라고 어느 정도 확신해도 돼. 그런데 언어 자체가 곱지 못하고 직설적인 사람도 주변에 간혹 있잖아.

　말이 그저 직설적인 것과 가스라이팅은 어떻게 다를까? 그 둘
을 구별할 수 있는 가장 결정적이고 강력한 차이는 다음과 같아.

부정적인 비판과 비난에서 끝난다
vs
비판에 이어 구체적인 제안과 직접적인 도움을 준다

　가스라이팅은 절대 체계적인 대안과 직접적인 도움을 주지 않
아. 왜냐하면 가스라이팅 하는 사람들의 목적은 갑을 관계를 만든
다음에 상대방에게 공격적이고 위협적인 말로 자신의 불안감이
나 두려움, 수치심 같은 것들을 전이시키고 지배력을 강화해 안도
감을 유지하는 것이거든. 그들은 우리가 정말로 잘되기를 바라고
진심으로 성공하기를 원하는 것이 아니기 때문에 우리가 반응하
면 할수록, 괴로워하면 할수록 목적을 달성하는 거야. 그러니 비
판하고 비난한 점들을 도와주거나 우리의 행복을 위한 실질적 대
안을 제시하는 일 따위 애초에 생각도 않지. 이들의 특징은 또 있
어. 이들의 주변을 살펴보면 나뿐만 아니라 그 사람으로 인해 깊
이 상처받거나 좌절을 겪고 욕하고 떠난 피해자가 많다는 거야.

가스라이팅인지도 모르고

그런데 젊은 예술가들이 가스라이팅을 당하고 있다는 사실조차 알기 어려운 이유가 있어. 우선 가스라이팅을 하는 사람이 주변 모든 사람에게 가스라이팅을 하지는 않기 때문이야. 사람마다 다르게 대하곤 하는데 그래서 그 자신도 자기가 가스라이팅을 한다는 사실 자체를 인식하지 못하고 있을 때가 많아. 다만 이들은 무의식적으로 갑을 관계를 만들어 놓고 모든 관계를 승자와 패자의 논리로 이해하는 경향이 있어. 그래서 말을 던져봤을 때 상대에게 자기 말이 먹히거나, 자기 말에 따라 상대가 움직이는 게 보이면 가스라이팅의 먹잇감으로 삼는 것이고, 상대가 더 강하다거나 반응하지 않으면 그렇게 못하는 것이지.

젊은 예술가들이 가스라이팅을 인식하기 어려운 또 한 가지 이유는 주위에 반드시 옹호자나 방관자가 있기 때문이야. 문화예술계에서는 많은 사람들이 서로 다양한 관계를 맺고 있어. 갑을 관계에서 갑의 위치에 있는 사람도 있고, 가스라이팅이 전혀 통하지 않는 성격의 소유자도 있지. 이들은 우리가 가스라이팅 당한 사실을 알려도 상처받고 힘든 상태와 마음을 이해하지 못

할 수도 있어. 그래서 그대의 부모나 스승이 가스라이팅을 할 경우, 형제자매나 선후배들은 이렇게 말할 가능성이 크지. "그래도 너를 생각해주는 건 선생님뿐이잖아.", "그래도 아버지가 다 너 잘되라고 해주시는 이야기잖아."라고 말이야. 주변에 가스라이팅의 옹호자와 방관자가 많을수록, 그리고 그 상황을 이해받지 못할수록 가스라이팅의 피해자는 '정말 다들 나 잘되라고 하는데 나만 잘못하고 있는 게 아닐까?' 하는 자책감과 자기비하로 다시 자신을 파괴하는 악순환에 빠지게 돼.

부모와 자식 사이든, 연인 사이든, 친구 사이든 사랑하는 사람과의 모든 관계에서 자신이 조정당하거나 학대받는 현실을 참고 넘어가서는 안 된다. 사랑은 상대방에게 상처를 주지 않는다. 사랑은 당신을 계속 정신적으로 고통스럽게 하지 않는다. 건강한 사랑은 양쪽 모두를 보호하고 존중하는 경계를 유지한다.

– 데버라 비닐의 《이상하게 피곤한 사람과 안전하게 거리 두는 법》 중에서

관계를 끊고 돌아서기

어떤 인간도 타인의 비난과 공격 때문에 자신을 의심하고 자

책하고 부정적 감정 속에 오랫동안 고통받아서는 안 돼. 끔찍한 범죄자가 아닌 한 그래도 되는 사람은 없어. 젊은 예술가 그대들은 그런 존재가 아니야. 그대들의 가족이나 예술계의 가까운 관계자 가운데 가스라이팅의 징후가 있다면 지금이라도 알아차려야 해.

그렇지만 누구 탓을 하거나 싸울 필요는 없어. 가스라이팅의 가해자는 가스라이팅을 했다는 것을 깨닫지도 못할뿐더러 미안해하지도 않을 거야. 애초에 나라는 특정 존재를 괴롭히는 것이 목적이 아니라 자신이 쳐놓은 관계의 거미줄에 누군가 걸려들었을 때 그 누군가의 불안과 두려움을 보며 안도감을 느끼기 위한 것이니까. 이것은 정신적인 문제와 결부되어 있기 때문에 싸우거나 반응하는 것은 그들을 오히려 더 만족시키는 거야.

그러니까 그들에게 최소한으로 반응하기, 나의 정보를 주지 않기, 나를 격려하고 이해할 만한 친구나 지인과 상황 공유하기, 만약 가능하다면 잠깐이라도 관계를 멀리하거나 아예 끊어내기, 이것이 최선의 방법이라는 것을 꼭 이야기하고 싶어.

인간은 타인에게 그 어떤 절대자도 줄 수 없는 천국을 선물하기도 하고 그 어떤 악마도 줄 수 없는 지옥의 문을 열어주기도 한다. 내가 내 삶의 주인일 수 없고 타인의 시선에 갇혀 있다면 그것이 곧 지옥이다. […] 결국 인간은 스스로의 힘으로 행복해져야만 한다. 스스로 방문을 열고 나와야 한다. 방문은 닫혀 있을 뿐, 잠겨 있진 않으므로.

[…]

몰랐던 단어(가스라이팅) 하나를 깊이 이해한다고 해서 삶의 모든 덫을 피해갈 수는 없을 것이다. 그러나 우리가 사는 세상에 이런 덫이 존재함을 인지하는 것은 중요하다. 더구나 그 덫이 일생일대의 사랑의 모습으로도 나타날 수 있다면,

이 분야의 전문가가 오직 관계를 끊고 돌아서는 것만이 답이라고 이토록 자신 있게 말한다면,

한번은 짚어보고 갈 일이다.

– 스테파니 몰턴 사키스의 《가스라이팅》, '옮긴이의 글' 중에서

성숙한 나르시시스트
예술가로
건강한 관계 맺기

최근 젊은 예술가들을 만나면서 느끼는 것 하나는 자신이 기울이는 노력과 가진 실력에 비해 유난히 자신감이 낮다는 거야. 어느 때보다 미디어와 SNS를 타고 요란하게 예술이 팔리는 시대라 그럴까, 소문나게 성공한 극소수 동료, 선배 예술가들에 치여 자신을 자꾸만 낮추는 모습들을 보면서 젊은 예술가 후배들이 겸손보다 차라리 나르시시즘에 빠졌으면 하는 생각을 해보았어.

인간은 관심에 목마른 존재

물론 나르시시스트라고 하면 거부감부터 들 수도 있어. 최근에는 특히 '나르시시스트를 무조건 피하세요.' 같은 영상이나 글들이 확산되면서 나르시시즘의 부정적인 측면들만 유독 강조되고 있는 분위기니까. 나르시시즘은 정신분석학적 용어로, 우리말로는 자기애(自己愛)라고 번역되고 있어.[27] 자기 자신에게 애착을 갖는 거지. 이것이 정신장애가 될 때 위험한 이유는 이들 나르시시스트가 주변 사람들을 자기 우월감과 자존감의 도구로 이용하기 때문이야. 자기애가 상처받기라도 하면 상대에 대한 증오나 혐오를 서슴없이 드러내면서 공격하고 복수하기도 하지.

그러나 나르시시스트 가운데 실제 병리학적으로 자기애성 인격장애NPD,Narcissistic Personality Disorder로 분류될 수 있는 인구는 전체의 1% 정도라고 해.[28] 자기중심적이거나 관심받기를 좋아한다고 해서 함부로 자기애성 인격장애라 판단하고 스스로를 자책하거나, 또는 그러한 상대를 애써 피할 필요가 없다는 말이야. 미국의 베스트셀러 작가 로버트 그린은 《인간 본성의 법칙》(위즈덤하우스, 2019)에서 제2 법칙으로 나르시시즘을 다루고 있는데, 인간은 누구나 관심에 목마른 존재라고 이야기해.

정도의 차이가 있을 뿐, 우리는 누구나 나르시시스트다.
우리에게 인생 최대의 과제는 이 자기애를 극복하고

감수성을 내 안이 아닌 밖으로,

타인을 향해 사용하는 법을 배우는 것이다.

- 로버트 그린의 《인간 본성의 법칙》 중에서

이왕이면 성숙한 나르시시스트

그러니 젊은 예술가들이 자신감 있는 나르시시스트가 되기를 바란다는 말은 오히려 부족한 자기애를 채우고 결국에는 나에 대한 사랑으로 타인도 사랑하기를 바란다는 뜻이야. 타인과 건강하게 관계 맺을 줄 아는 성숙한 나르시시스트, 나를 사랑할 수 있으니 타인도 사랑할 수 있는, 자존감 높은 사람이 되었으면 하는 것이지.

성숙한 나르시시스트가 된다면 오히려 예술가라는 직업에 도움이 된다는 연구도 있다니 놀랍지 않아? 영국의 일간지 텔레그래프는 미술품의 경매 가격을 분석했는데, 그 결과 자기애가 높은 나르시시스트 성향의 예술가일수록 비싼 가격에 작품이 팔린 것으로 나타났어. 연구진은 예술계 백과사전이라고 할 수 있는 옥스퍼드 아트 온라인Oxford Art Online과 경매시장, 아트페어 등에 나온 예술작품의 낙관(서명이나 도장) 크기를 조사하고 동시에 근현대 수백 명 작가들의 삶과 성격을 분석했어. 연구는 낙관의 크기가 나르시시즘과 연관 있다는 선행 연구를 바탕으로 하는데, 나르시시즘 기질이 높은 작가일수록 낙관이 크고 휘갈겨졌다는 점에 주목한 것이지. 그 결과 예술가의 자기애와 작품에 대한 자기도취가 높을 경우 근대 예술가는 25%, 현대 예술가는 13% 정도 작품 가격이 비싸게 형성된다는 결론을 도출했어.[29] 즉 자신의 예술 활동과 작품에 대해 도취하고 자신만만할수록 예술가로서 몸값이 비쌀 가능성이 높다는 것이지. 어때? 예술가라는 직업에 있어서는 나와 나의 작품을 사랑해 마지않는 나르시시스트가 되어볼 만하지 않아?

프로이트의 건강한 나르시시즘

다만 건강한 나르시시스트가 되기 위해 주의할 점이 있는데, 나르시시즘은 '예술가라는 직업적 영역'에서만 드러내야 한다는 거야. 정신분석학의 창시자 프로이트는 정상적인 발달을 위해 건강한 자아도취는 필수라고 보았어. 그러면서 건강한 나르시시즘에 대해 이야기해. 건강한 나르시시즘이란 상처로부터 개인을 보호하는 '자신에 대한 사랑'이라는 느낌이되, 개인은 결국 타인을, 다른 사람을 사랑하면서 살아가는 것이라고 말이야. 그러니 건강하지 않은 나르시시스트가 되지 않도록 주의해야 해. 자칫하면 병리학적인 자기애성 인격장애NPD같은 정신 문제로 발전할 수도 있고, 나도 모르는 사이에 앞에서 이야기한 가스라이팅과 나르시시즘의 가해자가 되어 있을지도 모르니 말이야.

경험에서 나온 걱정의 사족을 더하자면, 많은 젊은 예술가들이 직업에서의 자아와 직업을 제외한 영역에서의 자아를 분리하지 못해 관계에 어려움을 겪고 있어. 직업을 넘어 다른 대인관계에서까지 이른바 예술병, 나르시시즘을 장착하다 보니 사람들과 쉽게 멀어지기도 하고, 반대로 외부 대인관계에서의 소심함을 직업 영역에까지 가져와 완전히 혼자 움츠러들기도 해. 심지어 잠깐의 상처나 어려움으로 인해 모든 관계를 단절하고 온전히 혼자가 되는 일도 서슴지 않지.

나 역시 한때 인간관계가 어려워 지인, 심지어 가족으로부터도 나를 완전히 고립시킨 적이 있어. 물론 그것이 자신을 사랑하고 보호하는 자기애의 한 방식이 아니라는 것을 금방 깨닫고 용서를 구하긴 했지만 말이야. 건강한 자기애, 자존감, 나르시시즘을 갖기 위해서는 따뜻한 관심이 필수야. 관심을 줄 타인이 없으면 성립할 수 없는 정서거든. 그러니 사회적 고립은 오히려 자기 자신을 가장 미워하는 방법이자 퇴로 없는 궁지로 내모는 최악의 선택인 셈이지.

자신과 작업을 사랑하고 아끼고

예술가라는 직업은 참 외롭지? 혼자 작업하고 연습하고 고민하고 창작해야 하는 모든 과정은 분명 외로워. 그렇지만 예술가라는 직업이자 일이 외로운 것이지 그대라는 한 사람이 외로워야만 하는 것은 아니야. 또 반대로 그대가 자신의 작업과 예술가로서의 모습에 스스로 도취해 있을 수도 있지만, 그 외의 관계에서는 지극히 평범한 것이 자연스러운 청년의 삶이기도 하고.

"브람스를 좋아하세요?"라는 그 짧은 질문이 그녀에게는 갑자기 거대한 망각 덩어리를, 다시 말해 그녀가 잊고 있던 모든 것, 의도적으로 피하고 있던 모든 질문을 환기시키는 것처럼 여겨졌다. "브람스를 좋아하세요?" 자기 자신 이외의 것, 자기 생활 너머의 것을 좋아할 여유를 그녀가 아직도 갖고 있기는 할까?

– 프랑수아즈 사강의 《브람스를 좋아하세요...》 중에서

그러니까 성숙한 나르시시스트 예술가가 된다는 것은 누구보다 그대 자신과 그대의 작업을 사랑하고 아낀다는 것이지. 하지만 그대의 붓을, 그대의 악기를 내려놓는 순간, 그대의 작업실과 연습실, 공연장의 문을 닫고 나오는 순간, 그저 평범한 누군가의 가족, 친구, 연인, 동료, 혹은 또 다른 누구여도 지극히 괜찮은 한 명의 대한민국 청년이라는 것을 받아들이는 거야. 다양한 사회적 관계를 맺고 거기서 꽤 괜찮은 감정을 느껴보는 것, 오래 지속되는 관계를 맺어보는 것, 예술과 생활 너머의 것들을 좋아할 여유를 가져보는 것. 이런 경험들과 자신감이 공존한다면 그대에게 예술가로서 훨씬 오래 그리고 멀리 갈 수 있는 든든한 연료가 되어줄 거야.

가짜 '스승' 대신 진짜 '멘토'를 찾아서

　모든 예술가가 그렇지는 않겠지만 주변 지인 가운데 클래식 음악, 무용, 국악, 한국무용을 하는 많은 젊은 예술가들은 어린 시절부터 함께한 스승이 있고, 그들에게 예술을 넘어 삶에까지 깊이 영향을 받곤 해.

　다행히 열정적으로 방향을 제시해주고 긍정적인 삶의 뿌리를 제공해주는 멋진 '스승'을 만난 이들도 있지만 안타깝게도 그렇지 못한 경우도 있어. '사사'라는 명분으로 공연 노동을 착취와 다름없는 열정페이로 대신하거나, 끝이 없는 고액 레슨을 중심에 둔 관계를 만들거나, 다른 스승에게로 갈 수 없게 고립시키거나, 가스라이팅을 통해 스스로 성장할 수 없을 정도로 자존감과 멘탈을 무너뜨리는 모습을 간혹 만나곤 해. 문화유산의 보호와 전수를 위해 만든 무형문화재나 일부 유명한 원로예술가, 권위 있는 교수님들이 예술계의 거대한 권력이 되면서 젊은 예술가 한 명쯤이야 키우는 일도, 사라지게 만드는 일도 그리 어렵지 않게 된 게 아닐까.

간혹 예술 관련 석사논문을 쓰면서 큰돈이나 선물을 교수님께 바쳤다는 이야기를 암암리에 들을 때가 있어. 그럴 때면 가짜 스승에게서 벗어나 독립적이고 성숙한 한 명의 젊은 예술가가 되는 게 여전히 얼마나 어려운 일인가를 고민하게 돼. 동시에 오히려 밥까지 사주시며 논문 쓰게 했던 나의 지도교수님, 참 스승님의 존재에 감사함을 느끼게 되지.

예술적 기행 아닌 범죄

예술계는 가짜 스승도 넘쳐나는 곳임을 부정할 수 없어. 미투운동이라는 것이 있기도 전인 나의 대학시절은 많은 예술가 교수와 스승과 선배들이 저지르는, 성적인 문제를 포함한 온갖 다양한 범죄 행위를 예술적 기행이자 천재성으로 덮어두던 시대였어. 이유는 잘 모르겠지만 예술을 논하며 정신을 덜 차렸다고 손

찌검 하던 선배도 있었고, 서슴없이 성적인 농담을 지껄이던 유명한 예술가 선생님도 있었어. 그 후 미투가 터지고 그중 일부는 범죄자로 전락하고, 일부는 자진 몰락하기도 했더라. 결자해지라고 생각하며 그것을 보아온 나는 예술병 따위에 걸리지 않으리라, 후배들과 제자들에게 그런 모습은 보이지 않으리라 각오했지. 가끔 내 멋에 취해 떠들어댄 날이면 돌아오는 길에 실수나 하지 않았을까 후회하면서 말이야.

스스로의 창조성에 도취하거나 소통의 어려움을 토로하기 전에 자신과 주변을 돌보는 시도를 해보자. 지금은 2023년이고, 지구가 불타고 있는 이 시점에서 집중해야 할 키워드는 '고독한 천재 예술가'가 아니라 미친 사람들마저도 서로를 돌볼 수 있는 '연대'와 '협업'이다. 자조적인 비난처럼 쓰이는 '예술가병'은 무슨 수를 써서라도 피해야 한다. '예술' 혹은 '예술가'라는 알량한 단어를 방패삼아 온갖 기행을 일삼고, 때로는 넘지 말아야 할 선을 넘는 모습은 창조성을 질환으로 치환하는 지름길이다.

- 큐레이터 박재용[30]

가족, 동력이자 족쇄

존경과 보호, 사랑의 존재여야 하는 부모와 가족 또한 가짜 스승이자 젊은 예술가의 발목을 잡는 족쇄가 될 수 있어. 평생 돈, 돈, 돈에 시달린 천재 예술가 미켈란젤로를 생각하면 문제가 있는 가족만큼 예술가에게 큰 동력인 동시에 큰 짐이 되는 존재가 또 있을까 하는 생각이 들어.

미켈란젤로는 평생을 홀아버지와 다른 네 형제의 무능력과 빚 문제로 고생하며 살았어. 그에게 가족들이 보낸 편지에는 당당하게 돈을 달라는 이야기가 가득했지. 미켈란젤로는 그를 이용하려는 가족들을 등지지 못했고 결국 그렇게 다작을 하고도 빈털터리가 됐어. 그 상황에서도 아버지에게 돈을 보내며 "살아계셔만 달라"고 편지를 썼다고 해. 미켈란젤로가 할 수 있는 일이라곤 후원자와 일거리를 찾아 끊임없이 일을 하는 것이었어. 그의 가족은 어찌 보면 지금까지도 우리가 볼 수 있는 위대한 예술 작품을 남기게 한 동력이 되어주었지만, 한편으로는 미켈란젤로의 생활과 정신을 피폐하게 만든 장본인들이기도 한 거야.

젊은 예술가들도 마찬가지야. 가족의 지지와 지원이 큰 힘이 되기도 하지만, 가족이 경계를 넘어 엄격한 코치나 혹독한 비평가가 될 때는 누구보다 힘을 빼는 존재가 되기도 해. 일부 부모들은 본인이 못 이룬 꿈을 자식을 통해 이루려는 대리 성취 욕망과 통제력이 지나쳐서 젊은 예술가들의 정서적, 물리적 성장과 독립을 방해하기도 하지.

가짜 스승 말고 멘토

그렇다면 젊은 예술가들에게 정말 필요한 존재는 누굴까? 가짜 스승 말고, 짐이 되거나 통제하려는 가족 말고, 바로 예술가로의 초행길을 몇 걸음 앞서 밝혀주는 진정한 '멘토'들이라고 말하고 싶어. 다행스럽게도 나의 젊은 예술가 시기에는 소중한 몇 명의 멘토가 필요한 때에 필요한 자극을 주면서 나를 성장시켜 주었어. 대학과 현장 곳곳에 가짜 스승들이 있었지만, 내가 워낙 기질이 억센 데다, 사사가 꼭 필요한 국악, 한국무용 분야가 아닌 개인적인 창작이 중요한 영역이라 본능적으로 가짜 스승들을 피할 수 있었던 것 같아. 대신 나보다 몇 걸음 앞서 있는 사람, 똑똑하고 독립적인 사람, 자신의 세계와 방향을 구축해 나가고 있는 사람들에게 배우고 질문하고자 하는 이끌림이 생기면서 '시절인연'과도 같은 소중한 멘토들을 만난 게 아닌가 생각해.

멘토Mentor는 그리스 신화 〈오디세이〉에 나오는 오디세우스의 친구 이름 멘토르Mentor에서 유래한 말이야. 오디세우스는 트로이 전쟁에 출정하여 20여 년이 되도록 돌아오지 못했어. 그래서 그의 친구 멘토르가 오디세우스의 아들이자 왕자인 텔레마코스를 충실히 돌보고 가르치며 친구이자 지도자, 스승이자 아버지 역할을 했지. 이후 그의 이름은 현명하고 신뢰할 만한 지도자, 스승의 뜻으로 사용되고 있어.

멘토를 만나는 방법

내가 젊은 예술가이던 시절 멘토를 만나는 방법은 다양했어. 무작정 보낸 메일에 성의 있게 답장을 해준 어느 유명 대학의 교수님도 떠오르고, 시간을 내어 만나주었던 한 영화사 대표님도 기억이 나네. 용기와 열정만으로 아무 계산 없이 문 두드리고 그에 대한 화답을 받은 것은 젊은 예술가로서만 가질 수 있던 특권이었지. 또 젊은 예술가들을 위해 열린 여러 강좌와 세미나 등을 혼자 잘도 찾아다녔어. 거기서 유독 심도 있는 말을 하는 사람이나 강사가 있으면 강연이 끝나고 부끄러움을 무릅쓰고 메일 주소를 받아오곤 했어. 이후에 연락을 한 적은 많지 않지만 그 가운데 인연을 맺게 된 몇몇 사람들은 지금까지도 좋은 관계를 유지하고 있어.

덧붙이자면 책과 SNS, 유튜브 등을 통해 접하는 강연자, 전문가들도 빼놓을 수 없는 멘토들이야. 로댕은 무려 4세기 전 인물이었던 미켈란젤로를 멘토로 삼아 그의 정신과 예술적인 자세를 본받고 방향을 잡아나가고자 노력했다지. 그러니 만약 지금 현실에서 주변에 멘토가 없다고 해도 결코 낙담할 필요는 없어. 비록 직접 만날 수 없는 역사 속 인물이거나 강의, 책 속 인물이더라도 그대가 젊은 예술가로 성장하는 시기 시기마다 몇 걸음 앞에서 길을 비춰줄 멘토는 분명히 나타날 테니까.

멘토는 스승이나 부모처럼 영원히 변치 않고 받들어 모셔야 하는 존재가 아니야. 이토록 빠르게 변화하는 시대, 잔바람에도 쉬 바뀌는 젊은 예술가로서의 성장기에는 오히려 여러 명의 멘토를 거쳐 가는 게 당연하지 않을까? 과거 어느 시기에는 꼭 필요한 멘토였는데 어느새 그 멘토와 서서히 인연이 멀어지고 있다면 내가 그 멘토를 넘어 성장하고 있다는 뜻이기도 해. 시기마다 필요하고 궁금한 것은 달라지게 마련이고 그때마다 멘토는 바뀔 수도 있다는 거야. 스승과 멘토의 차이를 이해한다면 이제

도제의 시대는 지났으니 멘토와 멀어지면 안 된다든가 종속된 관계를 유지해야 한다는 생각에서 얼마든지 자유로워지라는 조언을 꼭 하고 싶어.

나에게 필요한 멘토를 찾아서

자, 그럼 어떤 이들을 멘토로 만나면 좋을까? 우선 그대가 고민하고 있거나 해당하는 분야에 경험과 전문성이 있는 사람, 그래서 그를 따라 연습을 하다 보면 내 기술과 창의력이 상승되고 새로운 도전을 할 수 있게 해주는 사람, 그리고 그에 필요한 조언이나 가이드를 아끼지 않는 사람이야. 일부 가짜 스승처럼 꼭 나에게만 배워야 한다고 하거나 다 가르쳐주면 (무엇이든) 빼앗길까 두려워하는 사람이 아니라, 오히려 제자와 후배들을 키워주고자 하는 마음으로 가르쳐주고 열정과 자신감을 북돋아 주는 긍정적인 태도를 지닌 사람이 멘토라고 할 수 있지.

또 네트워킹 능력이 있는 멘토도 중요해. 젊은 예술가들이 쉽게 만들기 어려운 기회를 만들어주거든. 누군가를 소개하거나 연결해주어 다양한 정보와 인맥을 갖게 해주고 힘을 실어주는 거야. 이런 멘토들은 대부분 젊은 예술가들의 다양한 시도에 대해 개방적이고 수용적인 태도를 갖고 있지. 그래서 젊은 예술가들이 창의성과 독창성을 발전시키는 데 아주 중요한 역할을 하곤 해.

자, 이제 시야를 넓혀서 지금 나에게 필요한 멘토는 누구인지, 어떠한 사람인지 찾아보자고. 그리고 용기를 가져. 관계를 맺고 순전한 멘티가 되어 그들의 강점을 배우고 닮아가기 위해 노력하는 거야. 나의 시간과 나의 에너지, 나의 환경에는 한계가 있으니 먼저 다른 세계를 경험하면서 앞서 살고 있는 사람의 지식과 지혜를 얻어오는 것은 중요한 일이잖아. 그렇게 젊은 예술가 시절에 몇 명의 멋진 멘토를 만나고 한 걸음 뒤에서 따라 해봐. 그런다면 어느 순간 그들과 나란히, 혹은 한 걸음 더 앞서서 때로는 옛 멘토들에게 도움을 주는 사람이 되어 있는 자신을 발견하게 될 거야.

그래서 말인데, 그대들에게 멘토를 찾는 것에 덧붙여 한 가지 더 부탁하고 싶어. 좋은 멘토를 만나고 싶은 바람만큼, 머지않아 좋은 멘토가 되어줄 준비도 꼭 하기를 바란다고 말이야. 본 사람만이 따라갈 수 있고, 따라가 본 사람만이 앞장서줄 수 있을 테니.

경쟁자 vs 파트너,
젊은 예술가에게
친구란

　요즘 초등학교 입학 전에 꼭 읽어야 하는 책들이 있는데, 바로 친구 관계에서 상처받지 않는 방법, 상처 주거나 상처받지 않게 말하는 방법에 관한 책들이라고 해. 그런데 책의 차례를 보면 왠지 초등학교에 입학하는 아이들뿐만 아니라 우리 젊은 예술가, 아니 장년, 노년에 이르기까지, 특히 인간관계에 서툰 우리 예술가 모두에게 필요한 내용이 아닐까 하는 생각이 들어.

　친구들 노는 데 끼지를 못하겠어요

　나만 단짝 친구가 없어요

　친구에게 항상 나만 양보하는 것 같아요

내가 할 일보다 친구가 하자는 일이 더 중요해져요

어른들이 자꾸 친구와 어울리라고 강요해서 힘들어요

혼자 노는 게 제일 편해요

- 김은지의 《나도 상처 받지 않고 친구도 상처 받지 않는 친구 관계 연습》
차례 중 일부

유명한 아동학자가 이런 이야기를 한 적이 있어. 같은 반, 같은 학년의 아이들은 동급생일 뿐이지 모두가 '친구'는 아니라고. 그러니 학교에 가서 '친구들과 친하게 지내'라는 말은 마치 인위적으로 모인 회사 사람 모두와 우정을 나누라는 것처럼 말도 안 되는 과제에 가까운 것인데, 우리는 대부분 그런 강요를 받고 자랐다는 거야. 《미움받을 용기》와 같은 종류의 책들이 일본과 한국에서 특히 공감을 받은 이유 역시, 친구와 동급생 간의 차이를 구분하고 모두가 나를 좋아하거나 내가 모두를 좋아할 수 없다는 것을 인식하게 해준 점이라고 봐. 젊은 예술가는 특히나 변화가 많은 시기인 데다 민감하고 감성적인 영역을 다루는 만큼 친구들과의 관계에서도 상상 이상의 극심한 갈등을 겪곤 하지.

젊은 예술가의 난이도 높은 친구 관계

젊은 예술가 A : 어릴 때부터 친한 친구들 모임이 있는데 지금은 나만 예술을 하고 있어요. 친구들은 모두 졸업하고 취업하고 재테크하고 결혼하면서 자기 자리를 잡아가고 있는 것 같은데 나만 계속 철 안 드는 주변인같이 느껴지고 이제 대화 주제도 어긋나 점점 더 멀어질 것 같아요.

젊은 예술가 B-1 : 전공을 같이 한 단짝 친구가 있어요. 친구는 우리 분야에서 갈수록 작은 성취들을 이루어가는데 나는 여러 모로 부족한 느낌이 들고 작아져요. 축하하는 마음과 시기, 질투가 함께 느껴져서 예전보다 사이가 많이 멀어졌어요.

젊은 예술가 B-2 : 전공을 같이 한 단짝 친구가 있어요. 나는 조금씩 우리 분야에서 작은 성취들을 이루고 있는데 그 친구는 여러 모로 어려운 상태에 있어요. 좋은 일을 얘기하는 게 자랑하는 것 같고, 격려하거나 한마디 건네는 것마저 조심스러워서 예전보다 사이가 많이 멀어졌어요.

최근 내게 토로한 후배들의 고민인데 아마 젊은 예술가들 또한 친구와 관련한 고민의 내용이 크게 다르지 않을 거야. 둘 이상만 모여도 성취에 차이가 날 수밖에 없는데, 누군가의 성취를 축하해주면서도 나도 모르는 새 튀어나오는 시기와 질투 섞인 복잡한 마음이 우리를 괴롭히지. 또 분명히 학창 시절과 입시 시절을 함께 보냈는데 서로 달라진 환경에 따라 변한 것 같은 친구의 태도와 달라진 우정의 농도에 서운함과 낯선 느낌이 들기도 하고. 친구였기에 서로에 대해 모르는 게 없을 정도로 잘 이해하고 지지해주던 사이인데, 결국 그 남다른 '앎'을 바탕으로 비난이나 지적의 경계를 넘어올 때는 세상 누구의 질책보다 더 예민하게 반응하고 고통에 끙끙 앓기도 하고 말이야.

애석하게도 젊은 예술가들의 친구 관계는 시간의 흐름과 각자 상황의 변화에 따라 점점 난이도가 높아질 수밖에 없을 거야. 우리 젊은 예술가들은 가뜩이나 입시 지옥에서 살아남아 콩쿠르와 각종 대회에 이르기까지 연대보다는 경쟁에 더 익숙해왔잖아. 그런데 청년기에도 숫자로 대변되는 각종 지표들이 젊은 예술가들을 더욱 줄 세우기로 몰아가다 보니, 결국 우리는 진심으로 누군가의 성취를 축하해주기도, 누군가의 좌절을 위로해주기도 어려운, 텅 빈 그릇의 궁핍한 마음으로 청춘을 살아갈 수밖에 없는 것인지도 몰라.

역사 속 예술가 가운데 가장 지독하고도 강렬한 우정으로 폴 고갱과 반 고흐 이야기를 하고 싶어. 우리 대부분은 그저 단순하게 고갱과 고흐가 다투어 고흐가 귀를 잘랐다는 기이한 이야기로 기억하잖아. 하지만 고갱과 고흐가 예술가로서, 친구로서, 인간으로서, 청년으로서 함께 나눈 시간과 감정들을 조금만 들여다본다면 젊은 예술가에게 친구이자 파트너가 얼마나 큰 진동과 울림을 가져다주는 존재인지 알 수 있을 거야.

우리 잠깐 고흐와 고갱에게 빙의해볼까? 그대에게 가장 큰 예술적 영향을 준 친구 한 명을 고흐 혹은 고갱이라고 생각하는 거야. 1888년 자신의 '황금시대'를 꿈꾸며 프랑스 남부 아를에 정착한 반 고흐는 존경심과 애정을 갖고 있던 고갱을 자신의 노란 집으로 초대하였어. 함께 예술적 이상을 꿈꾸고자 하는 그 친구가 어서 나의 공간에 도착하기만을 손꼽아 기다렸지. 드디어 고갱과 고흐는 만나게 되었고 그들은 세상 어디에도 없는 최고의 친구이자 파트너가 되었어. 아침부터 밤까지 서로의 작품에 대해 영감을 나누며 예술에 푹 빠진 채 즐거운 시간을 보냈지. 서로의 작업과 작품을 이해하는 친구와 시간이 가는 줄도 모르고 예술을 논하던 그 낭만적인 시간들을 떠올려봐. 고흐와 고갱이 얼마나 행복했을지 상상이 가지?

하지만 모든 사랑이, 모든 우정이, 모든 관계가 영원하지 않듯이, 이 피 끓는 젊은 두 예술가 사이에도 조금씩 긴장이 피어오르기 시작했어. 서로의 생활방식에 불만이 생겼고, 높이 평가하던 작품에 대해서도 지적과 비평이 오갔어. 예술에 대한 견해도 점점 차이가 생겨나 대화가 끊어지거나 기분 나쁘게 마무리되기 일쑤였지. 만나지 않았다면 서로 그리움과 존경만 남았을 그들인데….

무엇보다 고통스러웠던 것은 아마 예술가로서 가장 즐거운 시간을 함께 보낸 둘 사이에 이제는 차이와 불화가 생겼다는 것을 자각하고 인정하는 것이었을지 몰라. 둘은 결국 각자의 방식으로 그 불화를 해결하게 돼. 고갱은 고흐를 떠나는 방식으로, 고흐는 그 스트레스와 불안감을 이기지 못해 자신을 해하는 방식으로 말이야. 고갱은 친구의 감정적이고 충동적인 반응을 견디기 힘들었을 테고, 고흐는 친구와의 깊은 정서적 관계가 끝나가는 것을 참지 못했을 거야. 둘 사이가 끝을 향해 치닫게 된 이면에는 각자가 유년 시절부터 관계에서 겪어온 상처들이 영향을 끼쳤을 수도 있겠지. 하지만 끓는 물 주전자에 손을 데인 후에야 후회하는 것처럼, 안전한 거리를 미처 가늠하지 못해 뜨겁디뜨거운 서로에게 데어 상처가 갈수록 늘어나기도 했을 거야.

이 이야기를 들은 일부 사람들은 고흐가 정신이 온전치 못해서 그런 것이라 손가락질하기도 해. 그런데 미국인의 자살 원인 중 42%가 대인관계에 의한 자살이라는 통계가 있어. 이는 결국 가까운 사람과의 관계가 고흐와 같이 자기 자신을 파괴할 만큼 큰 고통이 될 수 있음을 보여주지.[31] 잘 알려져 있지 않은 후일담이지만 그들은 그 사건 이후에 편지와 그림엽서로 영감을 주고 받으며 다시 적절한 거리의 관계를 이어갔다고 해.

가장 소중한 사람을 바로 지금 우리 곁에

젊은 예술가들에게 묻고 싶어. 베스트 프렌드, 영원한 단 한 명과의 우정이 정말 있을까? 어쩌면 분명히 서로가 변화하고 있는데 '우리는 베스트 프렌드야, 베스트 프렌드여야만 해.'라는 고집으로 관계를 억지로 부여잡고 있는 것은 아닐까. 물론 어린 시절부터 함께 우정을 나눠온 진정한 친구가 있는 사람들도 있을 거야. 그렇지만 청년 시절, 여러 가지 변화와 고비를 넘기다 보면 베스트 프렌드란 어릴 적 환상에 가깝다는 것을 느낄 거야. 오히려 가장 소중한 사람은 바로 지금 우리 곁에 우리와 함께하는 시절인연들이라는 것을 조금씩 깨달아가고 있을 거야. 반 고흐가 폴 고갱과의 논쟁 이후 상실의 고통으로 자신의 귀를 잘랐던 건 어쩌면 인연은 흘러간다는 사실을 그때는 미처 몰랐기 때문 아닐까.

나 역시 관계란 생물처럼 자라고 변해서, 잠시 스쳐 지나가는 구름이나 바람처럼 또 파도처럼 자기만의 길로 흘러간다는 것을 이제야 비로소 조금씩 깨달아 가는 중임을 고백해. 청년기 많은 친구를 떠나보내고 상처받고 또 만나고 함께하는 그 모든 과정을 겪고서야 말이지.

내가 나의 가장 좋은 친구

사실은 그래서 전체 글 가운데 바로 여기 친구와 관련한 부분에서 유달리 호흡을 고르고 마음과 생각을 정리해야 했고, 자판을 쳐나가는 데도 가장 오랜 시간을 쓰게 돼버렸단다. 때마침 이

부분을 숙고하던 그 시점에 가장 중요한 관계라고 생각해온 한 예술가와 관계가 멀어져버렸거든. 상실은 아프고 부재는 공허해서 상대를 미워도 해보고 이해도 해보고 나를 자책했다가 반성했다가 합리화하는 과정을 몇 번이나 반복했는지 몰라.

그렇지만 이제는 그 이유가 무엇이든 억지로 그 관계를 유지하려 노력하거나 일방적으로 붙잡지 않을 수 있는 용기가 생겼어. 내가 잘못한 것이라면 진심으로 충분히 사과하는 것까지가 내 몫이니 할 만큼 했다면 된 거야. 그 사과를 받거나 받지 않는 것은 상대의 결정이니 내가 어찌할 수 없는 부분, 충분히 존중하고 흘러가는 대로 놓아주면 되는 거야. 만약 내가 잘못을 하지 않았는데도 어색하게 멀어진 것이라면 그것은 노력의 힘을 떠난 하나의 '시절인연'으로 바라봐야 하는 것이지. 상대와 다른 시절에 또 친해질 인연이라면 좋은 날 좋은 자리에서 또다시 멋쩍은 웃음 지으며 어색했던 지난 시간을 금세 날려 보낼 수 있을 거라는 작은 희망 정도만 남기면 되는 거야. 그럼에도 주변에는 여전히 좋은 친구와 파트너들이 남아 있잖아.

이제 혼자 내 길을 개척해 가야 하는 젊은 예술가들은 누구보다 스스로가 자신의 가장 좋은 친구가 되어야 해. 누군가에게 지지와 확신을 받기보다는 내 스스로 내면의 빈 그릇을 채워가는 힘도 필요하거든. 그래야 또 다른 누군가가 빈 그릇으로 다가왔을 때 상대를 지지하고 채워줄 우정의 여유분이 생길 테니 말이야.

혼자서 잘 서 있을 수 있어야 타인과 함께 있을 때도 더 좋은 관계를 맺을 수 있고, 마음이 통하지도 않는 누군가와 공허함을 가짜로 채우기보단 차라리 그 비어 있는 시간들을 있는 그대로 직면하는 것이 낫다. 그래야만 내가 앞으로 어떤 사람들과 있어야 진정으로 나답고 편안할지를 감지할 수 있기 때문이다.

– 임경선의 《태도에 관하여》 중에서

친구 아닌 파트너

자, 이제 청년기를 지나고 있는 젊은 예술가들은 말이야, 친한 관계를 맺고 있는 사람들, 그리고 앞으로 친해질 사람들을 친구보다는 '파트너'라는 이름으로 불러보면 어떨까. 개인적인 경험이나 감정에 기반해 격려와 상처를 경계 없이 주고받던 관계가 어린 시절의 '친구'였다면, 이제는 내 삶의 비전과 예술적 영감을 함께 나누며 서로의 한계를 넘을 수 있게 힘이 되어주는 긍정적인 사람들과 서로 '파트너'가 되는 거야. 경쟁 대신 협력할 수 있는 성숙한 사람. 창작 활동에서 오는 롤러코스터 같은 정서적 변동성을 예술적 열정이나 창작의 과정으로 여기고 기다려줄 수 있는 사람과 말이야. 물론 그 뜨거움에 데이지 않도록 두세 걸음쯤 거리를 두는 것도 잊지 않기!

> 내게 가장 인상 깊었던 것은 다프네가 멜리나에게
> "보고 싶었어." 그다음에는 "사랑해."라고
> 말할 수 있게 되었다는 사실이다.
> 이상하게도 서로의 삶에 깊숙이 얽혀 있는 사람들은
> 그런 말을 하지 못한다.
> 이들에게는 '나'와 '너' 사이에 '사랑'이 끼어들 공간이 없다.
> – 데보라 안나 루에프니츠의 《친밀감의 딜레마》 중에서

관계는 그냥 만들어지지 않아. 산 속 오솔길처럼 누군가가 계속 오가야 해. 사람이 드나들지 않으면 길은 결국 사라지게 되잖아. 예술가로서 친구나 파트너들과의 관계를 유지하고 발전시키기 위해 의도적인 노력과 시간이 필요한 이유야. 그러한 노력을

했는데도 지금 함께하는 친구가 나를 누구보다 힘들게 하고 있다면, 혹은 내 손을 놓았다면, 함께 손을 놓기로 했다면, 기꺼이 그럴 수 있는 용기를 내야 해. 그렇지만 커다란 지구 위 두 조각의 구름이 스치는 찰나가 기적과도 같은 순간인 것처럼, 이 시대, 이 나라, 이 지역, 이 장르, 이 나이에 좋은 친구이자 파트너와 함께였다는 것은 기적이자 축복이었음을 고맙게 생각하고 과거의 추억으로 흘려보내는 거야. 그러고는 조금만 기다려봐. 걱정하지도 말고, 잠시 혼자인 것을 외로워하지도 말고 가만히 기다려봐. 너의 소중한 다음 시절을 위해 준비된 인연, 즉 파트너가 막 버스를 타고 네가 기다리는 정류장을 향해 다가오고 있을 거니까.

늘 인연을 '기대'하자. '기대지' 말고.

어쩌다 예술을 했으니

……

젊음이라는 무기와 함께

세상에 빨리
나오는 작품이
가장 좋은 작품이다

몇 권의 책을 쓰고, 몇 번의 프로젝트를 진행하면서 깨달은 바가 있어. 바로 고민할 시간에 하나라도 더 발전시켜서 가장 빨리 내놓는 작품이 가장 좋은 작품이라는 사실이야. 내가 어떤 부분에 얼마나 게을렀으며 고민하였으며 좌절하였으며 희열을 맛보았으며 깨달음을 얻었는지, 독자와 관객은 전혀 알 수가 없고 관심도 없거든.

'제가 어떻게'의 함정

나는 자신의 전문 영역에서 어느 정도 경지에 다다랐거나 작품성 있는 좋은 아이디어를 가진 작가를 만나면, 빨리 책을 쓰거나 전시, 공연을 하라고 조언을 하곤 해. 조언을 진심으로 받아들인 사람들과는 종종 컨설팅으로 이어져서 책 출간이나 전시 과정을 도와주기도 하지. 그런데 그들의 특징은 책 한 권, 전시 한 번으로 끝나지 않고 두 번, 세 번 자신의 분야를 넓혀가며 전문적인 세계에 안착해간다는 거야. 그렇지만 "제가 어떻게 전시를 하겠어요?", "제가 책을 쓸 시간이, 용기가, 자신이 없어서요."라고 말하던 사람들은 결국 몇 년이 지나도 뚜렷한 산출물 없이 수년 전과 같은 자리에서 같은 고민을 반복하고 있는 것을 보곤 해.

가장 안타까웠던 것은 한 능력 있는 후배의 경우야. 문화예술의 특정 분야와 관련하여 전문성 있는 내용으로 강의를 해왔는데 그 내용이 참 좋아서 책을 꼭 내라, 어떻게 내면 좋겠다, 나름 조언을 한 적이 있어. 그러고는 시간이 지나도 소식이 없길래 잊고 있었지. 그런데 몇 년이 지나 연락이 와서는 자신이 했던 강연 내용과 강연 주제를 그대로 목차로 삼아 다른 강사가 책을 냈다고 하는 거야. 속상해하며 어찌할 방법이 없느냐고 물어오는데, 먼저 세상에 책을 출간한 사람에게 저작권이 있기 때문에 소송을 한다 해도 긴 싸움이 될 거라고 그저 같이 안타까워하고 위로

해줄 수밖에 없었어. 그때 그 후배가 전화기 너머로 "선배가 책 내라고 할 때 바로 냈어야 했어요. 다 때가 있는 것 같아요."라고 하던 말이 잊히지 않아. 그런 경험 하나하나가 쌓여 나의 작업실 벽에는 아예 다음 내용이 포스트잇에 적혀 자리를 잡고 있지.

"가장 먼저 나온 작품이 가장 좋은 작품이다"

천부적인 소질과 숙련도

그렇지만 먼저 작품을 내놓는다는 것은 단순하게 빨리빨리, 대충, 완성도 낮게 작품을 발표한다는 게 절대 아니야. 어린 시절 방학 숙제나 방학일기를 미루고 미루다 개학하기 이틀 전에 뚝딱 해낸 기억이 있을 거야. 그 뚝딱품의 결과와 매일매일 조금씩 온몸을 뒤틀며 해낸 결과가 결국 똑같았다면, 오히려 뚝딱품의 결과로 상장이라도 받은 기억이 있다면 말이야, 바로 그 짧은 시간 넘쳐나는 에너지와 열정을 작품에 대한 강력한 감정과 영감이 떠오르는 초반에 집중적으로 써서, 작품을 가능한 한 빨리 내 작품으로, 내 저작권, 내 자식으로 내놓자는 말을 어느 정도는 이해할 수 있을 거야.

디자이너 마이클 슈메이트는 《예술가로 살아남기》(다빈치, 2008)
에서 재능의 본성이 양면성을 가지고 있다고 이야기해. 한 면은
천부적인 소질이라면 다른 한 면은 습득된 숙련도라고 말이야.
숙련도라는 것은 결국 하기 싫은 마음도 자신의 한계도 신경 쓰
지 않고 습관처럼 같은 자리에 앉아 같은 일을 반복적이고 꾸준
히 하는 힘을 의미해.

나는 재능과 관련해서 다음과 같은 결론에 도달했다.
타고난 능력을 어느 정도 가지고 있는지는 예술에 얼마나
많은 노력을 쏟아 붓느냐 하는 것보다 중요하지 않다.
영리하게 행동해야 하고 자신의 한계를 알아야 한다.
또한 기량을 닦고 익히는 과정을 통해서
지속적으로 그 한계를 밀어내야 한다.
그리고 성공할 때까지 꾸준히 노력할 수 있을 만큼
충분히 예술을 사랑해야 한다.

- A마이클 슈메이트의 《예술가로 살아남기》 중에서

시작이 힘든 이유

그런데 우리는 왜 때때로 시작하기조차, 혹은 작심삼일조차 힘이 드는 것일까? 《나는 왜 꾸물거릴까》(21세기북스, 2023)를 보면 과학적인 근거를 들어 그 이유를 설명하고 있어. 무엇이든 새로운 일을 시작하고자 하면 그 변화 자체를 일종의 스트레스로 받아들인다는 거지.

우리 몸에서는 이 스트레스에 대응해서 일종의 스트레스 방어 호르몬인 아드레날린과 코르티솔을 분비하는데, 견딜 수 있는 힘을 주는 이 호르몬은 그 지속시간이 겨우 3일 정도라는 거야. 그러니까 그 뒤부터는 당연히 온몸이 뒤틀릴 수밖에 없고 내가 이걸 왜 시작했나에서부터 이걸 하지 않을 수백 가지 이유가 떠오르게 되지. '하긴 해야 하는데, 하긴 할 건데, 분명히 하면 좋은데…', 그와 동시에 '하기 싫은데, 나중에 하고 싶은데, 지금 못 하겠는데…' 하는 두 가지 양가감정ambivalence의 교착상태에 쉽게 빠지는 거야. 특히 실패나 실수를 허용하지 않는 입시와 실기 환경에서 훈련해온 젊은 예술가들은 다음과 같은 생각이 주로 들거야.

아이디어만큼 좋은 작품이 나오지 못하면 어쩌지

아이디어만큼 내가 잘 해내지 못하면 어쩌지

다른 사람들이 좋지 않다고 평가하면 어쩌지

하다가 중간에 내 생각이나 계획이 바뀌면 어쩌지

열심히 했지만 인정받지 못하고 발표되지 않으면 어쩌지

이것 때문에 다른 더 좋은 기회를 잡지 못하면 어쩌지

해낼 자신이 없다. 돈도 없다. 그냥 하기 싫다.

앞으로 나아가는 힘뿐

그렇지만 만약 지금 하고자 하는 어떤 아이디어나 계획이나 작업이 꼭 해보고 싶은 것이라면, 그것을 함으로써 내가 성장할 수 있고 그것이 지금 나에게 꼭 필요하다는 생각이 든다면, 그리고 더 이상 외면할 수 없는 지경에 이른다면 어떻게 하겠어?

이보게, 로비노, 인생에 해결책이란 없어.

앞으로 나아가는 힘뿐.

그 힘을 만들어 내면 해결책은 뒤따라온다네.

– 생텍쥐페리의 《야간비행》 중에서

만약 누군가가 와서 지금 바로 하지 않으면 목숨을 빼앗겠다고 총구를 겨누거나, 열흘 뒤까지 완성한다면 수백억을 주겠다고 한다면 당장이라도 시작하겠지. 하지만 안타깝게도 우리 인생에 그럴 일은 없기에 오히려 가장 평범하지만 가장 쉽게 우리의 마음과 몸을 움직일 수 있는 두 가지 방법을 제안해.

몸과 마음을 움직이는 두 가지 방법

하나는 그 일을 위해 가장 쉽고 상투적으로 할 수 있는 일을 생각 없이 하는 거야. 새로운 그림을 그리는 작업이라면 원하는 크기의 캔버스를 구입해서 젯소칠을 하는 거지. 새로운 글을 쓰는 일이라면 작업실을 구하여 꾸미거나 작업용 책상을 깨끗하게 청소하고 새롭게 정리하는 것. 새로운 안무를 짜는 일이라면 안무용 음악 플레이리스트를 만들어 적당한 음악 후보들을 여러 개 담아보는 것. 즉 난이도가 가장 낮고 편하게 할 수 있는 것부터 하는 거야. 만약 당장 새로운 그림의 밑작업을 하라고 한다면, 바로 새로운 글의 플롯을 완성하라고 한다면, 새로운 안무의 흐름을 완성하라고 한다면 우리는 시작도 하기 전에 스트레스와 백지 불안으로 잠식될지도 모를 테니 말이야.

또 하나는 그 일이 끝났을 즈음의 나를 상상으로 불러내어 일어날 다양한 일들을 함께 상의하고 협상하는 거야. 만약 이 작업이 10개월 정도 걸리는 일이라면 그때의 나에게 물어보는 거지. 만약 지금의 내가 이 일을 안 한다면 10개월 뒤의 너는 무얼 하고 있을까? 무슨 생각을 하고 있을까? 지금의 내가 만약 이 일을 미루고 미뤄 10개월 뒤의 너에게 남은 80%를 넘겨주게 된다면 너는 어떤 상태가 될까? 그리고 이 작업은 어떤 상태가 될까? 지금의 내가 만약 이 작업을 꾸준히 잘 해낸다면 10개월 뒤의 너는 어떤 마음일까? 너는 그때 어떤 다음 계획을 진행할 수 있을까?

변지영 작가는 《미래의 나를 구하러 갑니다》(더퀘스트, 2023)에서 미래의 나에게 공감할수록 현재의 나를 더 잘 조절할 수 있다고 이야기해. 지금 하기 싫고 좋고를 생각하는 '지금의 나'에 대한 집중에서 '미래의 나'에게로 초점을 옮기는 것이 바로 자기조절 능력이 되는 것이지.

그냥 진행시켜!

자, 이제 이전부터 꼭 해보고 싶었던 오래 묵혀둔 계획이 있거나, 최근 관심이 생겨 새롭게 시도해보고 싶은 아이디어가 있거든 구체적으로 목표와 계획을 짜는 거야. 그러고는 지금 바로 가장 난이도가 쉬운 일부터 시작해보기를. 그런 다음 그 작업이 끝날 시점의 미래 속 나를 불러내어 함께 일정을 짜고 과정을 만들어가면서 열정과 감정을 교류하는 최고의 동료로 삼는 거야.

이 장을 마치며 다시 한 번 이야기할게. 가장 먼저 나오는 작품이 가장 좋은 작품이다! 세상은 점점 더 빨리 돌아가고 문화와 사회적 상황, 그리고 그것에 영감을 받는 속도도 빨라지고 있는 만큼 우리의 실험과 탐구, 작업을 위한 순간 가속도와 에너지도 높아져야 해. 작업의 밀도와 완성도는 숙련이라는 습관으로 머지않아 밀어 올려질 테니 '잘할 수 있을까' 고민할 시간에 그냥 '진행시켜!'

힘들고 어려운 순간에 출발의 흥분을 다시 떠올려야 한다.
그 흥분을 간직한 상태로 시간과 에너지를 최대한 작업에
투자해야 한다. 발걸음이 무겁지만 멈추면 안 된다.
뒤돌아보지 말고 꾸준히 앞으로 나아가야 한다.
그때 비가 그치고 어둠이 걷히기 시작한다.

– 베르나르 베르베르의 《베르베르 씨, 오늘은 뭘 쓰세요?》 중에서

번개처럼 찾아오고
공기처럼 가득한
영감과 창의성

예술가, 우리는 정말 창의적일까?

학교, 사회, 정책 분야는 예술가들을 원해. 예술가들과 협업을
해서 창의적인 학교와 창의적인 사회로 변화, 발전하기를 기대
하고 있어. 우리 예술가들은 계속 예술 속에 살고 있어 잘 모르지
만, 오히려 많은 학교와 기관의 담당자들은 예술가들이 창의적
인 활동을 함께 해주기를 기대하고 있지. 그런데 예술가, 우리는
정말 창의적일까?

사라진 학생 오케스트라

하루는 어느 중학교 교장선생님의 초청으로 교사들에게 '예술

교육의 중요성'에 대해 강의를 하러 갔어. 주차장까지 실내화 걸음으로 마중 나오신 교장선생님은 예술 사랑이 가득하신 분이어서 아이들에게 예술이 얼마나 중요한지, 그걸 실천하기 위해 학교가 얼마나 노력하고 있는지, 따뜻한 차가 준비되어 있는 교장실에 도착할 때까지 한껏 자랑하셨지.

그런데 한번은 안타까운 일이 있었다며 그 학교에서 있었던 일을 토로하시는 거야. 1인 1악기를 위해 오케스트라 수업을 했는데 지휘자와 강사들이 경험의 즐거움을 중요시하기보다 진도와 합주를 위한 수업을 너무 엄격하게 진행하는 바람에 포기하고 도망가는 아이들이 늘어 결국 학생 오케스트라가 없어졌다고. 그러면서 예술적 창의성을 위해 방과 후나 특별활동으로 예술가들을 초청하는데 의외로 일반 수업보다도 창의적이지 못해 아쉬울 때가 많다는 이야기도 하셨지. 교장선생님 말씀에 나는 그날 강의에서는 물론이고 앞으로 예술가와 예술교육자들을 만날 때 어떠한 부분에 주의를 기울여야 할지 많은 힌트를 얻을 수 있었어.

창의성과는 먼 입시교육

그날, 학교에 예술이 왜 필요한지, 예술교육이 왜 중요한지 강의하고 나서 마지막에 이런 말을 덧붙였어. 그렇지만 이렇게 중요한 예술을 전공하여 예술교육을 하고 있는 한국의 예술가 대부분은 창의적이지 않다는 것을 양해해달라고 말이야. 나 역시 미술을 전공했지만 내가 받았던 입시교육은 허벅지를 맞아가며 제한시간 내에 석고상을 그리던 미술학원 훈련이었고, 그마저도 창의성을 키우는 것이 아닌 석고상이 없어도, 조명이 없어도 달달 외워 석고상을 그려내는, 그런 그림을 그려왔다고. 그리고 음대입시, 무용입시, 연기입시 모두 비슷하고 대학의 전공교육 또한 창의성과는 여러 모로 거리가 있다는 말씀을 드려야 했지. 머지않아 입시를 치러야 하는 청소년을 가르치고 있는 교사들과 그런 입시예술을 통해 예술가가 되어 강연을 하는 나, 우리가 서로 얼마나 송구해했던 시간이었는지 몰라.

생각해봐. 어른 예술가를 키워내는 교육이 얼마나 안타까운지. 어린 시절부터 꾸준히 자신의 재능을 단련하고 입시를 통해 예술대학을 입학, 졸업해서 예술가가 되었는데, 마을이나 기관이나 학교에서 예술가를 보내달라고 할 때의 '예술가'는 입시에서 배우고 익힌 재능과는 차원이 다른 재능과 창의성을 지닌 인물인 거야. 창의적 예술가들을 양성하기 위해 전국의 문화재단이나 콘텐츠진흥원 등에서는 다시 창의적인 기획안을 쓰고, 창의적인 예술 활동을 하도록 재교육(역량강화 교육, 아카데미 교육)을 하고 있어. 얼마나 사회적인 손실이고 안타까운 시간 소모인지….

방과후학교나 기관들에서 예술가들과 협업할 때 왜 생각보다 창의적이고 획기적인 아이디어와 작업이 나오지 않는지 이 부분을 이해해야 해. 또 우리 예술가들도 사회가 원하는 예술은 태릉식의 기술적 예술이 아니라 삶과 사회를 변화시키는 대안적이고 창의적인 예술이라는 것을 이해해야만 해.

앞으로 예중, 예고, 예대에 이르기까지 플레이어형 예술가도 육성하고 지켜져야 하겠지. 하지만 예술가 개인의 개별적, 창의적, 독창적 역량을 바탕으로 다양한 커뮤니티를 변화시키고 자신의 장르도 발전시킬 수 있는 크리에이터형 예술가도 모든 장르에서 함께 키워야 한다는 것을 강조하고 싶어. 그렇지 않으면 사회와 학교 현장이 원하는 크리에이터형 예술가와 기술 습득만 한 예술가 사이의 간극은 절대로 좁혀지지 않을 거야. 긴 시간 예술을 배우고도 다시 창의적 예술을 고민해야 하는 젊은 예술가들에게도 안타깝고 미안한 마음이 들어. 그래도 우리는 정말 창의적인지, 나는 플레이어와 크리에이터 중 어떠한 예술가인지 자신을 마주해야 해. 창의적 시대를 살아가는 창의적인 예술가가 되기 위해 어른의 시기에도 힘써 노력해야 함은 물론이고.

타고나는 것인가, 노력인가

젊은 예술가를 만나는 강의를 할 때면 많은 친구들이 창의성과 영감은 타고나는 것인지, 아니면 노력으로 키워질 수 있는 것인지를 묻곤 해. 나에게도 이 부분은 오랜 연구 대상인데, 클래식 연주와 발레, 연기 전공, 국악, 한국무용을 전공한 플레이어형 예술가들은 창의적인 기획을 하거나 교육 내용을 짜는 일에 특히 어려움을 토로할 때가 많아. 기존에 있는 것은 성실하게 반복 연습을 해서 어떻게든 잘해낼 수 있는데 변형하고 변주하여 새로운 것을 창조하는 작업은 익숙하지 않은 거지.

반면 연출이나 극작, 문학 전공, 작곡 전공, 디자인과 현대미술, 현대무용 전공자들은 새로운 것을 창조하는 데 훨씬 익숙한 편이야. 기술을 전수받느냐, 자신의 작업을 하느냐는 어떤 훈련이 중심이 되었는가가 중요한 차이인데 그렇다면 창의성은 정말 타고난다기보다 후천적 노력과 환경이 더 중요한 것 아닐까?

시간이 아닌 역량 늘리기

세계 경제가 성장기에 들어서고 《1만 시간의 법칙》과 같은 자기계발서가 베스트셀러가 되면서 창의성 또한 누구든 오랜 시간 고민하고 노력하면 가질 수 있는 것이라는 주장이 힘을 얻기 시작했어(Sternberg, 2003).[32] 유명한 과학자들과 예술가들의 성취에 대한 연구에서는 그들의 가장 두드러지는 차이점이자 특징은 '열심히, 그리고 오랜 시간 일하려는 의지'라고 결론 내리고 있지 (Anne Roe, 1946, 1951).[33,34]

파이스트Feist는 과학과 예술의 각 영역에서 창의적 성취를 예측하는 변수에 대해 메타 분석을 실시했는데(1998)[35], 과학자도 예술가도 야망과 추진력이 성취를 이루는 데 가장 중요하다는 결과를 도출했어. 영향력 있는 음악가, 화가, 작가들에 대한 전기 연구에서도 대부분의 예술가들이 상업적인 인정과 상관없이 오랜 시간 작업과 연습을 거듭하여야 창의적인 결과물을 생산하는 것으로 나타났지(Sternberg, 2006).[36]

그렇지만 키가 작은 사람이 아무리 높이뛰기 연습을 해도 키 큰 사람을 이기지 못하는 것처럼 타고난 체질과 천부적인 재능 그리고 무모한 버티기 등에 대한 오해가 생기면서 《1만 시간의 법칙》 개정판에서는 '노력의 전략적인 형태'를 좀 더 강조하게 돼. 단순하게 버티고 무지하게 노력하는 것이 아닌 지혜로운 전략을 통해 시간이 아닌 역량의 양을 1만 배 늘려나가야 한다고 말이야.

《먹고 기도하고 사랑하라》(민음사, 2017)의 저자 엘리자베스 길버트도 첫 작품이 예상 밖으로 성공해서 다음 책에 대한 부담감이 컸다고 해, 결국 창의적인 영감이 개인의 노력에서 나온다고 믿는 것은 예술가들에게 지나치게 잔인한 것이라면서 오히려 '신내림'과 같이 외부로부터, 어떤 존재로부터 온다고 믿는 것이 예술가들의 정신건강에 유익할 수 있다고 말해. 그녀는 TED에서 이러한 내용의 강연으로 기립박수를 받았어. 어쩌면 수많은 예술가들에게 해방을 안겨준 순간이었을지도.

창의성은 좋아하는 것에서 시작

그럼에도 과연 창의성은 노력으로 얻을 수 있는 것인지, 외부적인 영감에 의한 것인지 물어온다면 뻔한 답변이겠지만 전략적으로 노력하고 헌신한 예술가에게 주어지는 선물이라 말하고 싶어. 《행복한 이기주의자》(21세기북스, 2024)로 유명한 작가 웨인 다이어는 그의 다른 책 《일상의 지혜 *Everyday Wisdom*》에서 영감에 대해 이렇게 말하고 있어.

"신에게 말을 거는 것이 기도라면,

영감은 신이 우리에게 말을 걸어오는 것이다."

즉, 영감은 신이 우리를 밀어붙이는 힘이자 내적 동기를 주는 기회이기 때문에 꾸준히 노력하고 기다려온 예술가라면 결코 이것을 놓칠 수도 무시할 수도 없다는 거지.

자, 그러면 이제 전략적인 창의성 만들기 방법을 한번 이야기해볼까? 어떤 것을 위해 오랜 시간 노력하려면, 1만 시간 계속 하려면 무엇이 가장 먼저 필요할까? 바로 좋아해야 해. 사랑해야해. 칼 융은 자신이 진정 좋아하는 것에서부터 창의성이 발휘된다고 이야기해. 일본 메이지대학교에서 가장 듣고 싶은 강의로 손꼽히는 홋타 슈고 교수의 책 《오늘도 딴 생각에 빠진 당신에게》(밀리언서재, 2024)에서는 사우스덴마크대학교의 한 연구를 소개하고 있어. 연구에 따르면 무엇인가를 선택해야 하는 상황에서 많은 사람들의 선택을 따라가는 것보다 자신이 좋아하는 사람의 선택을 따라갈 때 능률이 더 높다는 결과가 나왔어.

그러니 자신이 좋아하는 작가나 멘토의 말을 따르고, 선택과 판단이 필요한 상황에서는 '그들이라면 어떻게 했을까' 하고 생각하는 것이 도움이 될 수 있어.

창의적인 인적 환경 조성

더불어 창의적 환경을 만드는 게 중요해. 이때 일반적으로 생각하는 공간적 환경보다 더 중요한 것은 무례하고 비관적인 사람을 걷어내는 인적 환경 조성이라고 꼭 얘기하고 싶어. 유명한 한 연구에 따르면 무례하고 비관적인 폭언을 직접 당할 경우 작업 능력은 61%, 창의력은 58% 감소된다고 해. 또 이런 부정적인 사람이 주위에 있거나 같은 그룹에 함께 있는 것만으로도 업무 처리 능력이 33%, 창의력이 39% 떨어지는 것으로 나타났다고 해.[37] 원래 인간은 부정적인 뉴스, 부정적인 말, 부정적인 상태를 향해 의식이 흘러가는 '부정 편향'을 갖고 있다는 말이야. 그러니 부정적으로 가는 생각은 힘써 붙들어 매고, 긍정적인 사람과의 좋은 인간관계를 애써 구축해야 하는 거야. 주위에 부정적인 예술가 동료나 선후배가 있다면 그들과 깊은 관계를 맺는 만큼 우리의 작업역량과 창의성이 저하된다는 사실을 인지하고 현명하게 대처해야 해.

모으고 몰입하기

다음으로는 다양한 관점에서 그 좋아하는, 그 재미있는 예술로 몰입하는 환경에 들어가는 거야. 되돌아보면 내가 가장 창의적이었을 때는 그 일에 대해 밥을 먹으면서도 앉아서도 누워서도 길을 가면서도 생각을 할 만큼 깊이 몰입했을 때였어. 프로젝트가 끝나고 보니 어느새 책장에는 관련한 책이 빽빽하고 메모장에도 관련한 메모가 가득하더라고. 무의식적으로 그 생각에 가득 차 계속 찾아보고 공부하고 고민할 때 가장 창의적인 프로젝트가 나온 거지. 예술적 몰입을 통한 창의적인 사고는 이렇게 어린아이처럼 다양한 것을 모으는 즐거운 일에서부터 시작한다고 생각해.

케리 스미스는 《예술가들에게 슬쩍한 크리에이티브 킷 59 : 온 세상을 나만의 플레이그라운드로 만드는 법》(갤리온, 2010)에서 "창의성의 시작이란 무조건 모으는 것이다."라고 이야기하고 있어. 예술art의 인도 유럽 어원이 '정렬하다, 연결하다'라는 뜻인데, 결국 예술은 어렵고 복잡한 것이 아니라 그저 모으고 장난치고 여러 방법으로 이어보고 다양하게 조합하다 보면 창의적인 결과물이 나오게 된다는 지혜로운 말이 아닐까. 창의력이란 결국 얼마나 다양한 관점에서 볼 수 있느냐에 달려있다고 이야기해. 자, 지금 눈앞에 있는 한 가지 물체를 바라보자. 그리고 다음과 같은 관점으로 성실하게 몰입하여 한번 상상해보자고.

한 송이 꽃을 보거나 종이 한 장을 보더라도 시각적으로, 청각적으로, 후각적으로, 촉각적으로, 미각적으로, 움직임에 따라, 기능에 맞춰, 상징적으로, 언어적으로, 주관적으로, 객관적으로, 비교하여, 대조하여, 부정적으로, 긍정적으로, 좌우대칭으로, 색깔로, 나누어서, 일화들로, 역사적으로, 과학적으로, 도덕적으로, 통시적으로(시간을 가로질러서), 공시적으로(한 시점에서), 형이상학적으로, 문맥적으로, 문화적으로, 정치적으로, 관습적으로, 심미적으로, 미시적으로, 거시적으로, 복합적으로, 단일하게, 2차원적으로, 3차원적으로, 추상적으로, 상상하며, 설명하며, 직선적으로 등등

– 케리 스미스의 《예술가들에게 슬쩍한 크리에이티브 킷 59 : 온 세상을 나만의 플레이그라운드로 만드는 법》 중에서

207

조금 웃긴 이야기지만 나는 내가 쓴 책이 출간되고 나서 얼마간 지난 뒤 다시 보면 '내가 이걸 썼다고?' 하는 생경함을 느끼기도 하거든. 책에 몰입하여 글을 쓸 때만큼은 수백 개의 논문과 자료들을 이렇게 저렇게 살펴보고 비교하고 분석하는 게 얼마나 재미있는지 몰라. 내가 잘못 알고 있었던 부분이 바로잡히기도 하고, 좁았던 시야가 넓어지기도 하고, 그 안에서 새로운 아이디어가 싹트기도 하니까. 우리가 어떤 책이나 디자인이나 기획을 보고 '아하!'하며 어떤 깨달음이 생기는 것은 사실 그것을 오랜 시간 다양한 관점에서 살펴보고 고민한 누군가의 창의적 결과물임을 발견했기 때문이지.

그렇게 만들어진 결과물로서의 책과 작품들을 접하고, 또 우리의 책과 작품들이 누군가에게 그렇게 수집되고 영감을 주는 역할을 하게 된다는 것, 정말 멋지지 않아?

열정페이 대신
경제적, 실용적
예술경제감 키우기

예술가는 가난해야 한다.

예술가는 후원자가 필요하다.

예술가가 돈을 입에 올리는 것은 천박한 일이다.

예술은 돈을 떠나 천부적이고 신성한 일이다.

예술계에서 이렇게 돈을 부정하는 신화는 하도 오래되고 강력해서 예술을 하지 않거나 관심 없는 사람이라도 이런 이야기를 한 번쯤은 들어봤을 거야. 이런 신화 속에서 자라고 몸 담그고 있는 젊은 예술가 그대들에게 돈 이야기를 꺼내는 것은 그만큼 꼭 해야 할 이야기란 의미지.

젊은 예술가들을 살펴보면 극과 극으로 나뉘는 것 같아. 해결도 안 되는 예술계 이야기를 왜 여기까지 와서 하냐며 싫어하는 이들이 있는가 하면, 결론이 나지 않더라도 진중하고 집요하게 끝까지 이야기하는 이들도 있어. 예술가가 예술계 얘기를 하지 않으면 누가 하겠느냐며 말이야. 물론 성향의 차이도 있겠지만 때로는 도저히 납득이 안 되고, 부당하다 여겨져도 감히 강력한 신화들을 거슬러 도전하기가 쉽지 않지. 아니, 의문을 갖거나 질문하는 것조차 생각하지 못하는 것 아닐까?

그러는 사이 문명이라고, 진리라고 불리던 모든 것에 발전과 발견에 의한 변화의 틈이 생겼고, 우리가 굳건히 믿었던 예술의 신화에도 이미 수많은 틈이 생겨버렸어. 예술계가 생계와 돈 이야기를 함구하면 할수록 신화를 여전히 신봉하는 사람들은 가난과 상처를, 열린 틈을 이용하는 이들은 부와 명예를 차지하는 일이 더 자주 벌어지고 있어.

왜 예술가는 가난할까?

자, 우선 예술가들은 정말 가난할까? 가난해야만 할까? 예술가가 작품의 가격이나 자신의 몸값을 입에 올리는 것은 천박한 일일까? 후원자나 지원사업을 통해 돈을 얻어내야 하는 것일까? 갤러리나 기획사를 껴야만 예술을 팔 수 있을까? 그렇게 중간 수수료를 떼주면서 돈 이야기를 직접 하지 않는 예술가가 품위 있고 우아한 것일까?

결론부터 얘기하자면, 시대가 분명히 바뀌었고 이제는 예술가 스스로가 적극적으로 마케터와 세일즈 전략가가 되어야 한다는 거야. 예술가와 돈에 관한 이야기를 누가 가장 많이 썼는지 알아? 바로 예술가가 아닌 경제학자들이야. 뭐라고 했을까? 한마디로 '너네 참 안됐다'야. 예술 신성화의 피해자는 다름 아닌 예술가로, 신성화로 인해 예술은 비싸지고 서민은 접근할 수 없게 됐으며, 예술가들은 돈 이야기를 입에 담지 못하게 됐다는 거지.

그런데 그런 연구나 책을 보면 화가 날 때가 많아. 이런 것이야말로 우리 예술계 교수님들이나 선배들이 해줘야 하는 연구잖아! 우리 선배 예술가들과 나는 가난했다 하더라도 내 후배들은 그렇게 되지 말아야지 하는 마음으로 연구하고 가르쳐주고 해야 하는 거 아니냐고! 그런데 생각해봐. 그런 수업 한 번 받아본 적이 없어. 화랑이나 기획사가 이러이러한 조건을 제시하면 부당한 거다, 나는 그렇게 해서 피해를 본 적 있으니 너희는 조심해야 한다, 하고 가르쳐주는 스승이 거의 없었던 거야. 왜 그럴까? 생각해보면 알려주기 싫어서가 아니라 그것을 가르쳐야만 한다는, 예술가에게 돈 이야기를 실질적으로 해줘야 한다는 인식 자체가 없었던 것 아닐까?

학교 교수님의 제안으로 어느 무용 공연에 참여한 한 학생이 이후 입금된 금액이 생각보다 너무 적어서 교수님께 항의했더니 "우리 때는 안 받고도 했다. 너희는 돈도 받고… 좋은 시절이다." 라는 얘길 들었다지. 이 젊은 예술가의 이야기는 돈에 무심해야 한다는 생각이 얼마나 예술계에 뿌리 깊은지 잘 보여줘. 그나마 항의한 친구는 용기라도 있었지, 대부분은 찍힐까 봐 애초에 얼마를 받는지, 계약서는 쓰는지 묻지도 못해. 그러다 공연이나 작업이 끝난 뒤 돈을 아예 못 받거나 적은 금액이 들어와도 항의조차 못 하는 경우가 대부분이야. 심지어는 선배들이 우리도 당했으니 너희도 당해봐라 하는 심리로 '이게 당연해'를 세뇌시키기도 하지. 편의점에서 최저시급을 받더라도 꼼꼼하게 계약서를 쓰는 다른 청년들이 들으면, 과연 같은 시대에 사는 게 맞나 궁금할 정도지 않을까.

열정페이라는 관행

이를 두고 좋은 말로는 '경험을 쌓는다', 조금 비꼬는 말로는 '열정페이'라고 하지. 일부 젊은 예술가들은 예술계 내부의 일반적인 관계와 관행이므로 어쩔 수 없는 것 아니냐고 묻기도 해. 그럴 때 나는 그 일에 '페이'가 없어도 정말 하고 싶은 열정이 가득하다면 '열정페이'로 할 수 있는 일이라고 이야기해. 나 역시 어떤 프로젝트는 돈 안 받고도 참여하겠다고 할 만큼 매력을 느끼기도 하거든. 내가 열정을 자발적으로 쏟게 되는 일들은 대부분 나의 참여에 감사와 인정을 해주고 공로를 함께 나눈다는 특징이 있어.

그런데 만약 내가 하고 싶은 마음이 없고 심지어 하고 싶지 않은데, 시간도 없고 내 돈이 오히려 더 드는데 선생님이나 선배님과의 관계 때문에, 눈치 때문에, 압력 때문에 어쩔 수 없이 해야 하는 일이라면? 그렇다면 '열정페이'를 넘어 '불법고용'이라 부르는 것이 마땅해.

선생님이나 선배에게서 공연이나 작업에 참여해달라고 연락이 온다면 몇 회, 며칠 참여이고 보수는 얼마나 되는지를 물어볼 수 있어야 해. 그게 힘들다면 평소 연습과 훈련이 필요해. 선배와 선생님 입장에서는 때로 돈 얘기를 꺼내는 후배 예술가가 불편

할 수 있지만, 그럼에도 최대한 자기의 상황을 이야기하면서 명확하게 말하는 게 습관이 되어야 해. 처음에 "보수는 어느 정도 될까요? 저는 ○○원 정도 되지 않으면 다른 아르바이트를 해야 해서 참여가 어려울 것 같습니다."라고 정중하고 예의 바르면서도 분명하게 이야기하는 거지. 그러면 애초에 이 사람은 보수를 중요하게 생각한다고 인식될 수 있거든.

그 결과는 이러할 거야. 앞으로 연락할 때는 보수를 꼭 함께 이야기할 수도 있고, 오히려 돈만 밝힌다면서 공짜 공연 하자는 연락이 끊길 수도 있지. 어떤 경우라 하더라도 내가 조금만 뻔뻔해진다면 좋은 사람을 구분할 수 있고 불필요한 열정페이의 요구에 대응하는 시간낭비를 줄일 수 있게 돼. 그리고 무엇보다 이렇게 하는 젊은 예술가가 늘어나면 늘어날수록 다음 후배들은 당연히 정당한 대가를 지급받는 문화 속에 살 수 있을 테고.

내 몸값, 내가 매긴다는 각오

예술과 관련한 강연이 처음 들어오기 시작했을 때 나 역시 어렸고 돈을 입에 올리는 것이 불편해서 일정만 맞춰보고 어디든 찾아갔어. 그러다 저서가 늘고, 경력이 늘고, 불러주는 곳도 늘어나 슬슬 조율이 필요한 시점이 왔지. 그런데 한 선배가 나에게 이렇게 얘기하는 거야. "김 선생이 그 금액 받고 다니면 후배들은 다닐 곳이 없어요." 그때 나는 나를 위해, 그리고 후배들을 위해 몸값을 높여야겠다는 각오를 하게 됐어. 내 강의에 대해 기본적으로 매겨진 기관들의 단가가 분명 있겠지만, 그것을 뒤집어 내 몸값을 내가 매겨볼 때가 된 거지.

그래서 공공기관이라 하더라도 지나치게 강연료를 낮게 부르는 곳은 정중하게 가기 어렵다고 이야기하기 시작했어. 더불어 금액이 맞지 않아서라고 이유도 솔직하게 말했지. 물론 불안했어. 더 이상 나를 찾지 않거나 돈만 밝히는 예술가라고 생각하지는 않을까 하고 말이야. 역시나 예산이 부족한 곳은 바로 연락이 끊겼어. 그럼에도 나를 꼭 초청하고 싶어 하는 곳은 강의 시간을 늘리든 어떻게 해서든 내 강의료를 맞춰주었어. 나 또한 그 강의료만큼 좋은 강의를 하기 위해 더 많은 연구를 하고 강의 준비를 하는 것은 당연했지. 이후 나는 돈을 입에 올리는 것이 당당하고 당연한 일이 되었어. 뿐만 아니라 몇몇 정책연구를 통해 우리나라 예술 강사의 강의료를 올려주어야 한다는 제안을 지자체에 할 수 있는 근거와 용기를 갖게 되었어.

그러니 우리 젊은 예술가들도 조금 더 뻔뻔해지기를, 똑똑해지기를. 돈 얘기를 입에 올리는 것은 직업 예술인으로서 전혀 천박하지도 이상하지도 않은 당연한 것이야.

독립된 한 인간으로 살기 위해

"수림아, 어떤 사람이 어른인지 아니?"

순례 씨가 대답 대신 질문을 했다.

"글쎄."

"자기 힘으로 살아 보려고 애쓰는 사람이야."

– 유은실의 《순례 주택》 중에서

돈에 대해 뻔뻔해지기 위해서는 젊은 예술가들이 반드시 경제감, 실용감, 생활감을 힘써 키워야 해. 그건 동시대를 사는 모든 젊은이들이 독립된 한 인간으로 살기 위해 갖추고자 노력하는 것이란 말이야. 유독 돈 이야기를 터부시하는 젊은 예술가들만 원래 돈이 없는 것처럼, 원래 가난해도 되는 것처럼, 덮어두고 열지 않는 썩은 장판처럼 대하는 거지. 이 책은 예술이 그대 자체가 아니라 그대 삶의 많은 부분 중 하나라고, 그대 자신과 직업인 예술가로서의 삶을 끊임없이 분리하라고 강조하고 있어. 예술가의 경제감은 바로 직업으로서, 먹고사는 일로서 내 일을 자각하고 의식하는 데서 생겨나는 거야. 분명 예술 활동만을 놓고 생각한다면 우울하고 괴로운 계산이 되겠지만 다음과 같은 질문과 마주해야만 해.

내가 얼마를 벌고 있지? 내가 이 시간 동안 일을 하면 얼마나 벌 수 있지? 한 달을 평균 내면 얼마지? 1년을 평균 내면 얼마지? 내가 한 달에 필요한 돈은 얼마지? 내 소득은 거기서 얼마가 부족한 거지? 부족한 것을 메우려면 무엇을 더 해야 할까?

생계로서 생활로서 경제감이 생길 때 '선배가 하자는 공연에 가게 되면 시간 대비 얼마가 소득 혹은 손해인가'를 정확하게 바라보고 계산할 수 있게 되는 거니까. 만약 "그건 고정적인 수익이 있어야 가능한 것 아닌가요?" 하고 묻는다면 배달하는 사람들은? 가게 하는 사람들은? 계절 물건 도매상들은? 쇼핑몰 하는 사람들은? 고정수익이 없다고 경제감, 실용감, 생활감이 당연히 없어도 되는 것인지 묻고 싶어. 오히려 소득이 들쭉날쭉할수록 그것을 1년 소득으로 산정해보고 월별로 평균 내봐야 해. 그래서 아끼거나 일을 더하거나 모으거나 하는 거지. 이런 생활감이 반드시 필요한 거야. 나 역시 이를 너무 늦게 깨달았어. 한때 예술가는 돈이 없는 게 당연하다는 거짓 신화에 풍덩 빠져서 돈 이야기를 회피하고 현실을 합리화했거든. 하지만 돈도 명예도 바닷물과 같아서 누가 많이 가져간다고 내 몫이 줄어드는 게 아니었어. 돈은 나쁜 것, 나쁜 사람들이 많이 갖는 것, 예술가는 돈과 관계없는 것이라는 돈에 대한 부정적인 생각을 버려야 해. 예술가도 하나의 직업이고, 직업을 가진 사람들은 두세 개의 직업도 마다하지 않고 생계와 좀 더 나은 생활을 위해 돈을 벌고 있어.

내 이야기를 좀 더 해볼까? 어느 날 높은 연봉을 받으며 대기업에 다니는 청년들이 퇴근 후 배달 아르바이트를 해서 미래를 대비한다는 기사를 보고는, 내가 뭔데, 예술가가 뭔데 이렇게 부자 같은, 한량 같은 삶을 사는가, 하고 충격이 왔어. 그래서 한번 계산을 해봤지. 매년 초 저서 판매로 들어오는 저작권료, 연말에 들어오는 예술정책 연구비, 연중 중간중간 들어오는 예술 수업에 대한 강의료, 그 외 시간 날 때마다 참여하는 이런저런 사업에서 들어오는 수입…. 들쭉날쭉하지만 1년간 수입을 평균 내보니 월 소득을 알게 됐고, 그에 따라 어떻게 남은 시간들을 써야 하는지 감이 왔어. 드디어 희미하게나마 생활감, 경제감, 실용감이 생긴 거지.

돈 생각 해도 괜찮아

어딘가에 소속되어 급여를 받는 노동자가 되지 않는 한, 대다수 청년들이 그대와 마찬가지로 불규칙한 소득으로 살고 있다는 것을 깨달아야 해. 최소 하루 8시간 작업도 노동도 하지 않으면서 생활은 성공한 배우나 음악가처럼 살고 있는 것은 아닌지, 왜 예술가는 그래도 되는지 우리 스스로를 돌아봐야 해. 그러할 때 다른 직업인들처럼 작업과 노동을 할 수 있는 이유가 생기고 경제감이 생기고 저축하는 재미가 생기는 거야. 저축을 함에 따라 작은 집 하나 마련하고 싶은 마음도 현실성이 있는 욕구가 되는 거고.

젊은 예술가는 누구보다 돈 생각을 해야 하는 사람이야. 다양한 노동과 경험을 할 시간과 힘을 가진 사람이야. 힘이 빠져서, 아이디어가 없어서 우아하고 품위 있게 집에서만 지내야 하는 나이는 원치 않아도 오게 돼 있어. 부디 '예술가는 신성한 직업'이라는 옛 신화 뒤에 그대의 무능력과 게으름을 숨기고 있는 것이 아니기를. (하다못해 정말 신성한 성직자도 엄청나게 일을 하면서 그대들보다 돈을 더 번단 말이다!*)

---

* 2021년 '예술인 실태조사' 기준 우리나라 예술가의 1년 평균 수입은 695만 원이고, 2019년 기준 워크넷 직업정보의 성직자 평균연봉은 3,054만 원임

유명해지고도 싶고
숨고도 싶어,
SNS와 포트폴리오

　　우리 일상에 등장한 지 채 20년도 되지 않았지만 늘 논란꾸러기인 존재가 있다면 바로 SNS가 아닐까 해. 누군가는 SNS로 인플루언서가 되어 큰돈을 벌고, 누군가는 SNS에 올린 잘못된 발언이나 사진 때문에 부와 명예를 잃기도 하는 것을 심심찮게 볼 수 있잖아. 누군가는 이제 본인이 좋아하든 싫어하든 간에 SNS는 반드시 해야만 하는 것이라 말하고, 또 누군가는 세상에서 가장 큰 시간낭비가 바로 SNS라고도 해. WWW 세상에 태어나 SNS와 함께 살고 있는 우리 젊은 예술가들에게는 어떨까. SNS로 유명해지고도 싶지만 너무 알려지는 것은 싫고, 드러나고도 싶지만 숨고도 싶은, 참 어찌할 바 모르겠는 이놈의 SNS. 할까 말까 오늘도 고민만 하다가 하루가 가고 있는 것은 아닐는지.

마르셀 뒤샹이 현대의 작가라면

남성용 소변기, 자전거 바퀴 등을 전시해 다다이즘과 초현실주의에 광범위한 영향을 끼친 프랑스 작가 마르셀 뒤샹. 그의 작품은 언제나 허를 찌르고 튀게 마련이었지만 그의 삶은 오히려 꽁꽁 숨어있는 편이었어. 평생 예술가라는 공적인 삶을 부정하면서 인터뷰와 비평에도 무관심했고, 심지어 나이 들기 전까지는 자신의 개인전에도 가지 않을 정도였다니까. 만약 그가 지금 현대에 살았다면 어땠을까? SNS는 물론 하지 않았을 테고 잡지, TV, 유튜브, 어디에도 출연하지 않았겠지. 그러니 작품 홍보에 실패해 무명작가로 지냈을지도 몰라.

현대 사회에서는 내 방안에서 혼자 작업 중인 나를, 알아서 찾아와줄 후원자도 화랑도 존재하지 않아. 생각해보면 과거 작가를 지원하던 후원자들은 입소문을 듣고 예술가의 작업실을 찾아가곤 했는데 입소문이 당대 최고의 SNS로 기능했다는 말이겠지. 현대는 어떨까? 이제는 SNS가 하나의 포트폴리오나 프로필로서 "내가 여기 있어요. 현재 활동 중인 예술가라고요!"라고 알리는 최소한의 신호탄이 되어주는 것 같아. 게다가 화랑이나 소속사를 통하지 않고도 바로 예술가 개개인에게 직접 연락할 수 있는 메신저 시스템까지 있잖아. 그러니 잘 생각해보면 역사 이래 같은 0점에서 출발하는 마케팅 도구를 우리 모두가 처음으로 함께 갖게 된 것이기도 해. 관객과 관람객이 찾아오지 않는다면 우리가 찾아가야 하는 건데 그들은 도대체 어디에 있지? 마케팅·컨설팅 업체 케피오스의 2023년 10월 기준 SNS 사용 실태 보고서에 따르면 무려 전 세계 인구의 61.4%가 SNS를 사용하는 것으로 나타났어.[38] 한국인의 유튜브, 인스타그램 사랑도 더할 나위 없이 크기 때문에 예술가로서 존재감을 구축하고 활동과 작품을 공유하는 데 있어 SNS는 중요한 플랫폼이 되었어.

내 예술에 맞는 SNS 찾기

SNS도 각 플랫폼마다 특성을 갖고 있어서 용도에 맞게 활용할 수 있지. 글쓰기가 주된 예술가라면 블로그나 페이스북을, 시각적이고 창의적인 이미지들이 주된 작업이라면 인스타그램이나 핀터레스트를, 움직임이나 무용, 연기, 연주, 영상과 관련된 작업 기반의 예술가라면 유튜브를 활용하거나 틱톡, 인스타그램

릴스를 선택하면 돼. 곧바로 좋은 반응이 오지 않거나 게시한 작품의 콘텐츠 완성도가 그리 만족스럽지 않더라도 좌절하고 포기할 필요는 없어. 그대들의 실험은 SNS와 같은 새로운 기술들을 익히고 익숙해지는 데 분명 도움이 될 테니까. 또 SNS 세계에는 사용자 수만큼이나 다양한 취향과 정서가 있기 때문에 진실된 예술 콘텐츠를 지속적으로 공유한다면 언젠가 비슷한 취향의 사용자들로부터 반응을 얻을 수밖에 없다고 믿어. 조급함에 사용자들의 수준이 낮다고 비난하거나 나의 작품과 SNS 스타일이 맞지 않다고 포기하진 말기를 바라. 대신 비슷한 영역의 예술가들 SNS를 벤치마킹해서 SNS 세상에서 진정성 있는 가치와 인기를 얻을 수 있는 방법을 터득하는 게 큰 도움이 될 거야.

SNS와 포모증후군

다만 그대가 다음과 같은 성향이라면 SNS 사용을 추천하지 않아. 평소 말실수가 잦다거나 밤에 메일이나 메시지를 보냈다가 다음날 후회하는 경우가 많다면, 남의 판단, 특히 비평이나 비난에 정서적으로 고통을 느낀다면, 그런 비평이나 비난에 대응하여 큰 싸움이나 사건으로 번진 경험이 있다면, SNS에 글을 올리고 나면 반응을 보느라 다른 일에 집중을 잘 못 한다면, 손에서 휴대폰을 놓지 못하는 휴대폰 중독이라면, SNS로 인해 오히려 문제가 생기고 화를 키우게 될 수도 있어.

무엇보다 내 작업과 활동을 게시하고자 시작한 SNS가 남들과의 비교와 평가에 빠지게 만드는 도구로 전락한다면 젊은 예술가들에게 그보다 더한 악영향은 없을 거야. 2021년, 〈월스트리트저널〉은 메타(페이스북 모회사)가 인스타그램이 젊은 층에 미치는 영향을 3년간 심층 조사한 내용을 발표했는데, 사용자 중 30%는 '인스타그램 사용은 기분을 더 부정적으로 만든다'고, 또 40%는 '인스타그램 비교를 통해 자신을 더 나쁘게 평가한다'고 한 것을 확인했지. SNS가 발달한 기간 동안 영국의 16~24세 여성의 자해는 15년간 6~20%로 급증했고, 10대 소녀들의 자살률도 2~3배 증가했어. SNS와 자신에 대한 부정적인 정서가 관련이 있다는 얘기야.

그래서 2023년 미국에서는 200여 개 교육청에서 청소년의 정신건강에 악영향을 미친 혐의로 주요 SNS 기업을 상대로 소송을 걸었어. 41개 주 정부와 뉴욕시도 2024년 이 소송전에 함께하고 있지. 만약 젊은 예술가 그대들이 SNS를 보면서 전 세계 수

많은 멋진 예술가들의 작품에 영감을 받고 도전의식을 갖기보다 비교하면서 자신을 비난하고 우울과 포기 상태에 빠진다면 SNS는 애초에 시작하지 않는 게 나을지도 몰라. Fear Of Missing Out의 머리글자를 조합한 '포모증후군 FOMO Syndrome'과 같이 나만 뒤처지는 것 같고 고립된 것 같은 두려움, 우울감은 SNS가 주는 가장 큰 사회병리 현상 중 하나거든. 만약 그런 느낌이 든다면 잠시 SNS를 쉬거나 소셜 네트워킹 중심의 SNS 대신 홈페이지나 포트폴리오 웹페이지 등을 만드는 데 집중할 것을 추천해.

책임은 오롯이 나에게

결국 SNS로 무엇을 보여주고 싶은지, 어디까지 보여주고 싶은지, 누구와 만나고 싶은지 실질적인 쓰임과 가능한 역량을 먼저 파악해야 해. 개인의 일상을 담는 SNS와 직업적 예술가로서의 SNS를 하나의 계정으로 할지 두 개의 계정으로 분리할지도 결정해야 해. 사생활의 분리와 보호가 더 중요하다면 두 개의 계정을 쓰는 쪽을, 사생활의 다양한 태그를 통해서라도 더 많은 사람들이 내 계정에 방문하는 것이 중요하다면 하나의 계정으로 많은 게시물을 올리는 게 낫지.

여기까지 결정했다면 이제 SNS 계정에 무엇까지 올릴 것인가를 정해야겠지. 프로필과 주요 경력, 작품을 소개하는 정도일지, 평소 영감을 얻는 공간, 소품, 이미지도 포함할지. 연습하고 작업하는 평소 예술가로서의 모습만 게시할지, 예술을 하지 않을 때의 나의 동선, 취미, 맛집, 인맥(모임), 여행 등 나의 생활까지 보여줄지, 심지어 셀피, 가족, 아이, 강아지까지 모두 공개할 것인지 말이야. 내가 어디까지 보여줄지, 또 게시물에 대한 댓글, 메시지로 접하게 될 다양한 반응을 어디까지 감당할 수 있을지 파악해야 해.

이미지 이상으로 글이 중요한 타입의 SNS 매체나 블로그를 사용할 때도 여러 가지를 고려해야 해. 나의 포트폴리오이자 나의 공연, 전시, 출간 정보를 알리는 용도로 쓸 것인지, 최근 예술계 소식, 정책 담론 등을 공유하는 정보 채널로 쓸 것인지, 더하여 개인적인 정치적 의견과 특정 정책, 인종, 젠더 등 사회적 이슈에 대한 나의 의견을 담는 용도로 사용할 것인지 결정해야 해. 다만 이때 SNS라는 것은 결코 그대 침대 머리맡에 있는 일기장과 같을 수 없다는 것을 명심하도록. 그대의 개인 일기장에는 누구를 욕하든, 인종차별이나 비인격적인 발언을 하든 일기장을 덮는 순간 함께 덮이지만, SNS는 마치 전 세계 수십억 명의 손바닥에 직접 글을 쓰는 것처럼 넓고 진한 영향력을 가지게 된다는 것을, 그리고 그 책임이 오롯이 나 자신에게 있다는 것을 꼭 새겨두자고.

젊은 예술가, 그대를 알리자

"그러니까 SNS를 하라는 건가요, 말라는 건가요?" 여전히 궁금하다면 이에 대한 결론은 말이야, 그대의 평소 언행의 품격을 먼저 파악하고, 타인과의 소통에서 멘탈이 감당할 수 있는 데까지만 가라는 거야. 특히나 한국에서의 예술가란? 예술을 잘하는 것은 당연한 것이고 여기에 좋은 인격과 뛰어난 도덕성, 높은 사회적 배려와 이타심까지 갖춰야 하는 직업이기도 하니까.(가수라는 직업 앞에 '효녀'라는 단어를 붙이는 나라는 전 세계에 우리나라밖에 없지 않을까?)

그러니 타인에게 관심이 많은 이 나라에서, 부쩍 타인에게 내가 어떻게 보일까 두려움이 많고 또 군중의 평가에 쉽게 들뜨거나 쉽게 무너지기도 하는 경향이 있다면, 불특정 다수와의 다중 소통이 필수인 SNS보다는 예술가의 개인 포트폴리오나 협력하는 그룹 및 단체를 소개하는 공식 홈페이지를 만들어서, 주고 싶은 정보만 단방향으로 제공하는 것이 안전한 선택이 될 수 있어. 최근 전 세계의 많은 배우, 화가, 연주자들이 개인 홈페이지를 만드는 추세니까 구글에서 검색해보면 쉽게 벤치마킹 할 수 있을 거야.

인생은 늘 그렇듯 예상치 못한 운도 함께 따라야 해.

홈쇼핑 특가 제품처럼 스쳐 지나가 버리는 운은

준비하고 있던 사람만이 잡을 수 있어.

전 세계를 향해 고개를 들고, 젊은 예술가, 그대를 알리자!!

어 차 피
예 술 을
할 거라면

......

천 번의 변화와 두드림

포스트 제너레이션 시대, 젊은 예술가의 위치 잡기

프로그램 개발자들의 이야기를 들어보면 이제 제발 새로운 것이 그만 나왔으면 한다고 진심 어린 농담을 하더라고. 하나의 개발언어를 배우는 데만 해도 오랜 노력이 필요한데 익숙해질 때쯤이면 어김없이 새로운 언어, 새로운 기술, 거기에 예상치 못한 새로운 개념까지 쉴 없이 등장하니 배움에 대한 피로감이 상당할 수밖에 없겠지. 기술이 발전하고 새로운 개념이 등장하는 것은 성장하는 사회에서 필수적인 것이며 막을 수 없는 것이기도 하지만, 모두에게 반가운 일만은 아닐 거야. 오래된 관습은 안락함을 주고 새로운 가치는 언제나 배척과 두려움을 동반하기 때문이야. 이제 새로운 것이 그만 좀 나왔으면 하고 간절히 기도한다 해도 익숙함에 젖은 몸을 이끌고 일어나 새로운 시대를 배우고 또 배워야 하는 것이 지금 세대의 피할 수 없는 숙명이기도 하니까.

예술가는 누구인가

그렇지만 급변하는 사회와 기술의 속도에 비해 예술가와 관련한 수많은 관습과 가치, 신화들은 놀라울 만큼 보수적이고 견고하다는 생각이 들어. 예술은 어떠해야 한다, 예술가는 어떠해야 한다는 가치들 대부분은 우리로 하여금 예술의 본질을 들여다보게 하고 마음을 가다듬게 하는 효과를 주지. 하지만 고질적으로 폐쇄적이고 변화에 따라가지 못하는 진부한 클리셰들은 90년대생, 2000년대생, 점점 달라지는 시대에 자라고 있는 젊은 예술가들을 이미 닫힌 문으로 몰고 가는 고통의 원인은 아닐까?

가장 큰 시대의 변화는 바로 예술가의 정의에 관한 것이 아닐까 해. 예술가는 어떤 사람이고 누가 될 수 있을까? 일반적으로 생각하는 것처럼 예술대학 전공자만 예술가라고 할 수 있을까? 아니면 예술인 복지재단의 예술인 활동증명을 받은 사람들이 예술가일까? 자, 이런 상상을 한번 해보자. 예술을 전공하고 졸업했는데 여행 다니고 다른 아르바이트를 하느라 졸업전시 이후

한 번도 전시회를 하지 못한 서른 살 미대졸업생 A씨가 있고, 중학교밖에 못 나왔지만 마을 문화센터에서 유화를 배워서 하루 종일 풍경화, 정물화를 그리고 가족들의 도움으로 매년 개인 전시회를 여는 75세 B씨가 있어. 심지어 B씨의 그림은 소액이지만 판매도 된다고 하자. 또 다른 가수 출신의 셀러브리티 C씨도 있어. 고등학교까지만 다녔지만 그림을 제법 그리고 팬덤의 힘으로 세계적인 갤러리에서 전시하는가 하면 높은 가격에 작품이 경매에도 오르지. 자, 과연 누가 진짜 화가일까? 우리는 누구를 예술가로 바라봐야 할까.

　　문화예술 정책 트랙에서는 이런 수많은 변화와 틈을 정돈하기 위해 '예술가는 누구인가'를 주제로 세미나를 열고, 포럼을 하고, 연구조사를 하기도 해. 하지만 A씨는 예술가, B씨는 생활예술가, C씨는 대중예술가와 같은 모호한 경계만 늘리고 있을 뿐이야. 이미 예술가에 대한 전통적인 신화가 빠르게 무너지고 있음을 부정할 수 없어. 예전에는 거의 신비주의 속에 몸을 숨겼던 예술가들이 이제는 SNS를 통해 예술가가 되는 과정, 연습을 하고 공연, 전시를 하고 홍보와 판매하는 과정까지 모두 적나라하게 공유하지. 동시에 예술을 사고, 팬덤을 만들고, 예술을 즐기며 향유

하는 과정도 적극적으로 게시되다 보니 이제는 예술가라는 명칭과 예술이라는 행위가 단순히 하나의 직업인과 그 활동의 의미를 넘어서고 있어. 다시 말해 새로운 시대, 삶의 취향을 나타내는 새로운 양식을 표현하는 모든 사람과 활동을 지칭하는 것으로 볼 수도 있다는 거야.

멀티제너레이션과 포스트 제너레이션

또 한 가지 고려해야 할 점은 멀티제너레이션Multi-generation, 즉 각자의 환경과 인식이 다른 상태에서 예술가의 역할에 대해 저마다 다르게 정의하는 다양한 세대의 예술가들과 함께 동시대를 살아가야 한다는 거야.《멀티제너레이션, 대전환의 시작》(리더스북, 2023)에 따르면 과거에는 최대 네다섯 세대가 공존했지만 현대 미국에서는 수명이 늘어나면서 무려 여덟 세대가 동시에 공존하고 있다고 해. 고령화가 더 빠르게 진행된 곳에서는 곧 열 세대가 함께 어울려 살아가야 하는 상황이 일어날 것이라고 말하고 있어.

미국의 여덟 세대

①알파 세대(2013년 이후 출생)

②Z세대(1995~2012년생)

③밀레니얼 세대(1980~1994년생)

④제니얼 세대(1975~1985년생)

⑤X세대(1965~1979년생)

⑥베이비붐 세대(1946~1964년생)

⑦침묵의 세대(1925~1945년생)

⑧가장 위대한 세대(1910~1924년생)

한국은 갈수록 세대 갈등이 심각한 문제가 되고 있는데, 책에서는 그 대안으로 나이와 세대의 구분이 없는 사회로서 포스트 제너레이션post generational society을 지향해야 한다고 강조하고 있어. 이를 위해 몇 살에 무엇을 하고 몇 살에 은퇴해야 한다는 식의 순차적 인생 모형이 아니라 새로운 퍼레니얼perennial*을 받아들이는 것이 사회적으로 더 유용하다고 이야기해. 퍼레니얼은 자신이 태어난 시대와 세대에 의해 정의되기보다는 개인이 일하

---

* perennial은 '다년생 식물'을 뜻하는 단어로, 《멀티제너레이션, 대전환의 시작》에서는 자신이 속한 세대의 생활방식에 얽매이지 않고 세대를 뛰어넘어 살아가는 사람들을 가리킨다. 굳이 우리말로 옮기자면, '탈세대 인류'에 가깝다고 설명한다.

고 배우고 다른 사람, 세대와 상호작용하는 방식을 통해 정의되는 사람들이야. 이미 브랜드들은 여러 나이대의 다양성을 겹쳐 자신에게 가장 잘 맞는 모습으로 살아가는 포스트 제너레이션을 받아들여 가고 있어. 예를 들어 어떤 타깃을 정할 때 나이를 기준으로 하는 것이 아니라 쾌활한지, 현대적인지, 빈티지한지 등 취향과 분위기로 접근하는 거지. 글로벌 광고회사 맥켄은 태도에 따른 세분화를 권하고 있는데 나이를 초월한 모험가, 공동체를 돌보는 사람, 현실적인 사람, 젊음을 좇는 어른, 미래를 두려워하는 사람 등으로 집단을 나누고 있어.

포스트 제너레이션 시대의 퍼레니얼 예술가로

이런 현상은 실제 내가 강의를 가거나 심의를 가서 다양한 세대와 함께할 때 확연히 느끼곤 해. 한번은 광명지역에서 AI를 활용한 예술교육 기획 강연을 진행했는데, 신청자가 매우 빠르게 마감되었어. 그만큼 AI를 활용한 예술교육에 관심 있는 사람들만 강의에 모인 거지. 그런데 강의 당일 보니 예술대학 학생부터 60대 어르신 예술가까지 수강생 연령이 다양하더라고. 나이는 다르지만 모두 똑같이 적극적인 관심과 열정으로 수업에 참여했고, 지금도 그 강연은 즐거운 경험으로 남아있어. 또 한번은 모 기관의 예술가 지원사업에 심의위원으로 참여하게 되었는데 총 7명의 심의위원 가운데 40대는 나를 포함해서 단 두 명밖에 없는 거야. 다른 위원들은 모두 60대 전후의 원로 예술가와 교수님들이었어.

지원 작품들은 전통방식의 예술작업부터 디지털에 융합예술까지 매우 다양했는데, 대부분의 어르신 심의위원들이 가상현실(VR)의 멀티모달을 전혀 이해하지 못해 한참을 설명해드렸어. 그러자 한 분이 "직접 해봤어요? 해봤냐고요!"라고 버럭 호통을 치시는 통에 여러 사람들이 당황해했던 기억이 있어.

나는 생활 속에서 챗GPT든 HMD(VR용 헤드 착용 디스플레이)든 이런저런 용도로 수시로 사용하고 갖고 놀기도 하는데 이렇게 소중한 심의를 하러 오는 교수님이 단 한 번도 VR을 경험하지 않았다는 그 고백에 오히려 내가 부끄러워졌다고나 할까. 어쩌면 그 교수님의 나이나 세대의 문제일 수도 있겠지. 하지만 적어도 시각, 복합 영역의 심의위원으로 위촉되었음에도 디지털 아트를 경험해보지 못한 것은 장르의 발전과 변화를 받아들이지 못하거나 기술의 융합을 두려워하는 그 교수님의 개인적인 문제라고 생각해.

때때로 대화가 안 되는 선배나 후배를 만난 경험이 있다면 세대의 차이와 함께 닫힌 사고로 인한 오해와 갈등이 얼마나 무서운 것인지 알 수 있을 거야. 하지만 '말이 안 통하네.' 하고 그냥 끝낼 것이 아니라 오히려 포스트 제너레이션 아티스트post generation-artist 시대를 인정하고 퍼레니얼 예술가로 좀 더 유연하게 세대를 뛰어넘으며 살고자 노력할 필요가 있어.

한국에서 나이와 세대 구분이 사라진 포스트 제너레이션 사회가 정착하려면 단순히 개인과 가족이 변하는 것만으로는 부족하다. 기업과 교육제도와 정부도 사람들을 나이를 기준으로 분류하고 인생의 각 단계에서 어떤 행동과 성취를 요구하는 관행을 멈춰야 한다. 학교와 일터에서 연령대가 다른 사람들이 상호작용하며 더불어 살아가게 하는 실험에 뛰어들어야 한다.

– 마우로 기옌의 《멀티제너레이션, 대전환의 시작》

'한국의 독자들에게' 중에서

균형을 잡아가는 지혜로운 세대

앞으로 우리 선배 예술가들의 수명은 더욱 길어질 테고, 태어나고 자라나는 후배들 가운데 학벌, 영역, 장르를 초월한 도전적 예술가들은 더욱 늘어날 것이 자명하겠지. 전통적 예술계의 끈끈한 의리와 그 병폐를 동시에 보고 자랐으며, 정의하기에도 바쁜 새로운 예술계의 갖가지 변화를 온몸으로 맞이하고 있는 젊은 예술가들은 이런 복잡다단한 세대들 가운데서 어떠한 눈으로 선후배들을 봐야 할까?

당부하고 싶은 것은 오히려 그 많은 세대들의 중심에 있음을 자랑이자 장점으로 여기고, 부디 포용적이고 열린 마음으로 균형을 잡아가는 지혜로운 세대가 되었으면 하는 거야. 독일 자동차회사 BMW에서는 다섯 세대의 직원이 함께할 때 실수도 가장 적고 일의 성과도 높은 것을 확인하고 다세대 팀 시스템을 도입하고 있다고 해. 꼰대의 뜻이 나이든 사람이 아니라 '자신의 세계관만 믿어 타인을 무시, 지적하고 자신의 의견만 옳다고 강요하는 사람'이라고 한다면, 생각보다 젊은 꼰대, 어린 꼰대도 수두룩하잖아. 사실은 나도 어떠한 부분에서는 꼰대일 수 있음을 경계해야 하지 않을까. "포용과 이해는 조금 더 나은 놈이 하는 거다."라는 말처럼 조금 더 나은 놈이 있다면 그게 우리 젊은 예술가들이기를 바라며….

예술을 하고 있지만
여전히 무엇을 할지 모르겠다는
그대에게

최근 우리 후배들, 제자들을 만나면 30대가 훌쩍 넘었는데도 자주 하는 이야기가 있어.

"예술을 하고 있지만, 무엇을 해야 할지 모르겠어요."

참 이상하지. 이미 무용을 하기로, 악기를 하기로, 그림을 그리기로 정해진 사람들인데 20대, 30대를 지나면서도 아직도 여전히 '무엇'을 해야 할지 모르겠다니. 이쯤에서 그 '무엇'이 무엇인지를 다시 한 번 따져봐야 하지 않을까 하는 생각을 해. 물론 많은 것이 복합적으로 섞여 있겠지만 가장 먼저는 먹고사는 것, 즉 생계에 관한 것이겠지. 즉 '무얼 해서 먹고살아야 할지 모르겠어요. 무엇을 해서 돈을 벌어야 할지 모르겠어요.' 하는 고민일 거야. 예술계의 가장 큰 특징이 불확실성이기 때문에 이 부분에 대해서는 40대인 나도, 심지어 우리 눈에는 제법 성공한 것처럼 보이는 예술가 선배들도 내년에는, 50대에는, 60대에는 무엇을 해서 돈을 벌어야 할지 모르겠다는 말을 종종 하게 되는 것 같아. 그러나 그 '무엇'에는 단순히 돈을 어떻게 벌어야 할까에 대한 고민만 들어있다고 생각하지 않아. 우리가 예술의 길을 선택하고 먼 길을 가는 동안 어떠한 방향, 어떠한 자세, 어떠한 선택을 해야 하는지 종합적으로 고민할 수밖에 없으니까.

그래서 예술을 하고 있지만 여전히 무엇을 할지 모르겠다는 젊은 예술가 그대들에게 학교에서 가르쳐주지 않은, 그렇지만 그 '무엇'을 찾아갈 수 있는 방법에 대해 강의에서 기회가 될 때마다 해주었던 이야기를 공유해볼까 해.

진로의 x축

첫 번째는 진로, 즉 '어떤 일을 하는가?'인데, 이것을 x축이라고 하자. 우리 대부분은 커서 뭐가 될지 진로를 생각할 때 x축만 생각하고 단순하게 판단하는 데 익숙해져 있어. '너는 과학을 잘하니 과학자가 되겠구나.'와 같은 것이지. 특히 우리 예술가들은 비교적 다른 또래 친구들에 비해 진로를 빨리 정하고 학원에 다니거나 레슨을 받으면서 기술적으로 오랜 기간 단련해왔어. 그래서 그림을 잘 그리니 화가가 되겠다, 춤을 추니까 무용수가 되겠다, 악기를 연주하니까 연주자가 되겠다며 x축의 예술 장르를 우리의 진로로 결정하게 된 거야. 그런데 이 '장르'라는 x축만 가지고 무엇을 할지 고민하니까 너무 힘든 거야. 물론 x축 하나만 가지고 사는 예술가들도 분명히 있어. '진정한' 순도 100% 예술가들이겠지. 예를 들어 세계 연주 여행을 다니면서 연주비만으로 생활이 유지되는 연주자들 말이야. 얼마나 좋을까! 그리고 자기 그림을 판매한 돈만으로 먹고사는 화가들. 아, 멋지지. 또 무대가 끊이지 않아서 계속 작품을 하는 배우, 정말 행복하겠지?

하지만 세계적으로 평균 23~26세 정도가 되면 젊은 예술가들은 본인이 그렇게 할 수 있는지 없는지를 의식, 무의식적으로 인지하게 된다고 해. x축의 예술적 재능만 가지고 평생을 먹고사는 예술가는 음악, 미술, 무용 등의 순수예술, 배우나 아이돌과 같은 대중예술, 국악, 한국무용과 같은 전통예술을 통틀어도 극소수에 그친다는 것을 우리는 잘 알고 있지.

성향을 나타내는 y축

그렇지만 운이 됐든 실력이 됐든 그렇게 예술만으로 먹고사는 스타급 예술가가 되지 않는다 해서 우리가 가진 예술적 재능이 무의미한 것은 아니야. 오케스트라나 유명 극단, 소속사의 일원이 되지 않았다고 해서, 혹은 부상이나 여러 가지 상황으로 인해 예전만큼 춤을 출 수 없고, 예전만큼 밤새워 그림을 그릴 수 없다 해도 우리가 사랑해온 예술과 끊어지는 것은 아니라고 생각해. 오히려 여기서 바로 y축이 생겨나지! 이 y축은 우리의 상황이나 성향과 상당히 관계가 있어. y축을 모른 채 자기 직업과 진로를 정하면 오히려 큰 어려움을 겪을 수도 있지.

예를 들어 조용하고 혼자서 작업하기를 좋아하는 성향의 아이가 무엇인가를 수리하고 고치는 게 좋다고 해서 전자과를 진로로 정하고 전자기계를 수리하는 업무를 하는 회사에 취업을 했다고 하자. 그런데 하필 그게 전자회사 서비스센터인 거야. 조용히 혼자 무엇을 고치는 게 아니라 하루 종일 고객의 집을 방문하거나 데스크에서 고객을 만나야 하는 거지. 그는 기계를 조작하고 수리하는 일(x축)을 잘하고 좋아해서 그 직업을 선택했는데, y축이 고려가 안 된 거야. 그러니 기계 고치는 것은 크게 어렵지 않지만 사람을 만나고 대하는 것에서 굉장한 스트레스를 받을 수 있어. y축은 즉 내가 내향적인가 외향적인가, 모험적인가 안정을 추구하는가, 혼자 일하는 게 좋은가 협업하는 게 좋은가, 내가 무엇을 좋아하고 무엇에 더 적합한가 등 많은 것들을 검토해봐야 알 수 있는 거지.

x축과 y축이 만나는 지점

자, 우리 젊은 예술가들은 감사하게도 모두 자신만의 x축을 이미 가졌단 말이야. 그렇다면 최대한 많은 자기인지와 경험들을 통해 자신의 y축을 찾아야 해. 재미로 보는 MBTI나 애니어그램, TCI 기질 검사와 같은 것도 도움이 될 수 있어. 직접 몸으로 부딪히거나 다양한 사람들의 경험을 공유하면서 알아갈 수도 있겠지.

예를 들어 그대가 학원 강습이나 레슨 아르바이트를 하면서 경험해봤더니 아이들이 참 좋다든가, 나를 가르쳐준 선생님이 정말 좋았던 기억이 있어서 나도 꼭 저렇게 예술을 가르쳐야겠다는 생각이 든다면 예술교육가로서의 y축을 쉽게 찾을 수 있겠지. 또 어떤 사람은 비록 연기 전공을 했지만 직접 연기하는 것보다 기획하고 홍보하고 인재를 키우는 일이 적성에 맞다는 것을 경험을 통해 발견할 수도 있을 거야. 혹은 공무원처럼 안정적으로 월급받는 직업을 찾아 예술가의 길 대신 예술행정가로 취업준비를 할수도 있을 테고.

y축은 직접적이든 간접적이든 철저히 아는 만큼, 경험한 만큼 나오는 거야. 20~30대는 y축을 찾기 위해 아무리 많은 도전과 경험을 해도 아깝지 않은 시기야. 카페, 고깃집 아르바이트를 비롯해 다양한 포럼과 워크숍, 세미나 등 그 무엇이든 나 자신을 알아가는 데 중요한 과정이라고 생각하고 찾아다녀 보는 거야. 그렇게 자신을 조금씩 알아가게 되면 x축과 y축이 딱 만나는 그 어떤 지점이 생기게 돼. 그때 좋은 예술교육자, 예술기획자, 예술정책가, 예술연구자, 예술 인플루언서 등 예술을 기반으로 한 다양한 진짜 직업들이 나올 수 있어.

y축은 x축을 더 오래도록, 그리고 더 전문적이면서 다양하게 할 수 있는 동력이 된다는 점에서 매우 중요해. y축은 단 하나인 사람도 있지만 여러 개인 사람도 있을 수 있어. 또 서로 겹치기도 하고 어떤 점에서는 다시 나뉘기도 하지. 나이에 따라, 지역과 환경에 따라 역할로서의 y축은 계속 바뀌기도 해. 그건 예술가의 인생에서 아주 당연하고 멋진 일이야.

당신이 자신에 대해 많이 알게 되었고, 계속 알아가길 바란다. 또한 내가 공유한 여정이 삶을 바라보는 새로운 관점을 제시했기를 기대한다.

당신이 크고 작은 긍정적인 변화를 만들었기를 바라고, 앞으로도 계속 변화해 나가길 기대한다.

– 제시카 로즈 윌리엄스의
《나를 지치게 하는 것들과 작별하는 심플 라이프》 중에서

내 예술의 x, y, z축

자, 이제 x축에서 y축까지 잘 따라왔다면 한 가지 더 중요한 게 남았어. 바로 이 x축, y축에서 3차원을 향해 z축을 쭈욱 한번 뽑아내 보는 거야. 그것은 바로 나의 이야기, 나의 과거, 나의 가족사, 나의 살아온 과정, 그리고 나의 취향, 나의 의식주 상태, 나의 반복적인 행동과 습관, 나의 기분과 상황, 나의 건강 이슈 등 개인적이고 특수한 것들이야. 긍정적인 부분이든 부정적인 부분이든 나만 갖고 있는 경험이라면 뭐든 해당되지.

한 후배의 예를 들어볼게. 그 젊은 예술가의 x축은 장르로서 무용이야. 그리고 y축은 사람들에게 무용을 가르치는 교육자로서

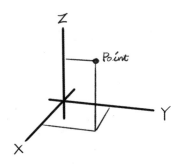

의 일이 잘 맞지. 그런데 z축, 그 예술가 안에 일종의 특수한 환경이자 가족사이자 상처가 자리하고 있는데, 바로 지체 장애 동생과 평생을 함께 부대끼며 자란 경험이야. 그러다 보니 지체 장애인에 대한 이해에서부터 장애인을 대하고 소통하는 능력, 지체 장애인의 움직임과 몸의 특성 등을 자기도 모르게 알게 된 거야. 굉장히 특별하고도 전문적인 노하우를 갖고 있는 거지.

그 예술가는 장애인을 대상으로 하는 무용 움직임 교육가로 x, y, z축을 연결할 수 있고 그 분야에서만큼은 누구도 넘볼 수 없을 만큼의 전문가로 발전할 가능성도 무한하다고 할 수 있어. 그 안에서 삶의 의미와 재능의 쓸모까지 발견한다면 결국 평생 그 인생이 나아갈 지점을 찾은 거야. 이렇게 내 예술의 일을 3차원의 x, y, z축까지 만들 수 있다면 큰돈이나 명성을 얻는 예술가는 아니라 하더라도, '아, 내가 이 일을 하기 위해 태어난 것이 아닌 가!', '이 일 때문에 내가 살아야 하는 것은 아닌가!' 하며 내 삶과 재능에 대한 경이, 그리고 지속가능한 삶의 고도로 들어갈 기회 가 주어질 거라 확신해.

뜻을 이루기 위해 길을 찾는 것도 훌륭하지만, 이 길에서 뜻을 찾는 것도 얼마나 아름다운 일인가 하고 말이죠.
그 이후로 비로소 남들의 길이 아니라 내 안의 길에서 뜻을 찾기 시작한 것 같습니다. 아, 산 정상은 내 갈 길이 아니었구나. 아, 그래서 이렇게 들길과 강 길을 지나게 된 거구나. 아 그래, 내 갈 길 은 바다였는지 몰라. 다행이다. 하마터면 바다의 낙조를 보지 못할 뻔했구나, 어서 부지런히 바다를 향해 걸어가자꾸나. […]
끝이 있는 잣대로 감히 끝이 없는 것을 재어가며 떨던 건방이 멈춰지자, 그제야 비로소 내가 길을 만난 게 아니라 길이 나를 만들었다고 말할 수 있게 되었다는 말입니다.

– 정재찬의 《우리가 인생이라 부르는 것들》 중에서

세상의 예술은 더욱 다양해지고, 사람들의 취향도 경험도 요구도 세분화되고 있어. 이제 그냥 춤을 잘 추는 무용수, 보이는 대로 그림을 잘 그리는 화가, 적당히 아무 글이든 잘 쓰는 작가는 점점 과거로 흘러가는 예술가가 아닐까 생각해. 젊은 예술가들이 "무엇을 할지 모르겠어요."라고 말하는 이 시대는 어떻게 보면 전혀 새로운 시대이기도 해. 그래서 어쩌면 무엇이든 할 수 있다는 생각이야. 환경과 관련해 탄소 중립을 생각하는 최초의 판소리 국악인이 될 수도 있고, 전염병이나 세계적인 질병을 소재로 하는 화가가 될 수도 있지 않겠어? 무수하게 많은 소재와 대상들이 더욱 세밀하게 전문성이라는 이름으로 나뉘고 있음을 기민하게 바라보아야 해.

z축을 찾는 여정

나 역시 뭐 하고 살지? 내가 어쩌다 예술을 해서! 이런 생각을 많이 했지만, 끊임없이 나의 뒤에서 나를 밀어주던 것은 나의 열망과 나의 비전, 나의 경험, 나의 상처, 나의 질문에서 비롯된 z축이었어. 그래서 젊은 예술가들은 자신의 x축과 y축을 찾고, 거기에 더하여 z축을 찾는 여정을 계속해야 해. z축을 마주한다는 것은 때로는 괴롭고 때로는 긴 시간이 걸리고, 때로는 누군가의 도움이 필요할 수도 있어. 하지만 x축을 하게 된 이유도, y축의 기질을 가지게 된 원인도, 따지고 보면 z축으로부터 기인한 것이거든. 그러니 용기 있게 젊은 예술가답게, 어른답게, 세 축을 펼쳐보는 거야. 그리고 거기서 발견되는 흥미롭고 끌림이 있는 지점들을 그대의 작품으로, 그대의 예술교육으로, 그대의 연구 대상으로 밀고 나가보는 거야. 하나의 영역에서 꾸준히 길을 가는 사람들의 힘, 살게 하는 힘, 끌고 가는 힘은 결국 x축, y축에 z축이 합해졌을 때, 경이와 깨달음과 사명이 주어졌을 때 한껏 발휘될 수 있으니까 말이야. 그리고 우리는 그제야 버틴다는 말의 진짜 뜻을 이해할 수 있게 될 거야.

그 누구도 아닌 자기 걸음을 걸어라.

나는 독특하다는 것을 믿어라.

누구나 몰려가는 줄에 나 또한 설 필요는 없다.

자신만의 걸음으로 자기 길을 가거라.

바보 같은 사람들이 무어라 비웃든 간에.

- 영화 <죽은 시인의 사회> 중에서

젊은 예술가에게
새로운 시대는
기회일까, 위기일까

부끄럽지만 솔직히 고백하자면 나는 새로운 시대와 변화에 대해 종종 이중적인 감정과 행동을 가져왔어.

어린 시절, 아무 생각 없이 컴퓨터 학원에 열심히 다닌 이후 개인의 자아와 철학이 생긴 청소년기에는 PC통신과 핸드폰을 누구보다 빨리, 즐겨 사용하면서 자랑거리로 삼기도 했지. 그러다 20대 내내 쓰던 폴더 휴대폰이 스마트폰으로 전환되던 시기, 무슨 심술이었는지 나의 노스텔지어를 지키겠다는 마음으로 스마트폰을 무시해보기도 했어. 어떤 날은 미디어를 더 이상 접하지 않겠노라 다짐하고 TV를 없앤 자리에 서재를 만들기도 했더랬지. 그런데 어느새 핸드폰으로 보는 유튜브와 SNS 영상에 푹 빠져 손목터널증후군이 생겼지 뭐야. 무엇보다 예술과 업무 쪽에서는 어땠는지 알아? 세련돼 보이고 싶은 마음에 드로잉과 글쓰기용으로 최신 아이패드를 샀지만 결국 글은 노트북으로 쓰고, 그림은 드로잉북에 색연필과 수채화로 그렸지. '역시 그림은 손맛이지'라며 아이패드에 대한 부채감을 애써 외면하면서.

팬데믹, 비대면 예술의 시작

그러다 결정적으로 예술인으로서 또 지구인으로서 진지하게 기술에 대해 고민하는 계기가 생겼지. 바로 코로나 팬데믹. 〈뉴욕타임스〉는 당시 앞으로 세계가 코로나를 기점으로 'BC$^{Before Corona}$', 'AC$^{After Corona}$'로 나뉘게 될 거라 전망하기도 했어. 코로나 팬데믹은 정말 사회, 경제, 정치, 환경, 그리고 우리 예술가들의 삶에까지 많은 영향을 끼쳤고 많은 것을 바꿔놓았어.

인류에게 있어 2021년은 테라 인코그니타,
즉 미지의 세계로 나아가는 원년으로 기록될 것입니다.
긴 역사 속에서 우리가 주목해야 할 것은 바로 기회는
위기 속에서도 준비된 사람의 편에 선다는 사실입니다.

미지의 세계로 향한 우리의 여정에서는

용기와 탁월한 통찰력을 갖추고 철저히 대비를 마친 이들만이 새
로운 세상을 발견할 수 있습니다.

– 매일경제신문 《세계지식포럼 인사이트 2022》 발간사 중에서

　당시 나는 문체부 산하 기관의 자문을 담당하고 있었는데, 코
로나로 사회적 거리두기가 시작된 지 3개월쯤 지난 어느 날, 줌
이나 유튜브와 같은 매체를 활용해서라도 예술지원사업과 예술
교육을 해야 할지 논의하는 자리가 만들어졌어. 당시 많은 어르
신과 선배 자문위원들이 예술은 실연이자 실체이자 감각 경험이
본질이기 때문에 다른 매체를 사이에 두고 예술을 한다는 것은
절대 안 된다는 의견을 내었지.

　하지만 나는 몇 번 줌을 통한 비대면 강의를 접해보고는 확신
을 강하게 가진 상태였어. 거리두기로 인해 사회적 고립이 일어
날수록 예술가를 더 많이 만나야 하고 더 자주 예술을 접해야 한
다고, 충분히 가능한 일이라고, 이미 기업들은 디지털 대전환을
시작했고 그들이 활용하고 있는 다양한 매체들을 예술에도 적극
활용해서 멈춘 예술을 다시 시작해야 한다고 주장했어. 다행히

학교와 정부 기관부터 비대면 매체들을 대안으로 이용하기 시작하면서 예술 분야에서도 기술을 활용한 비대면 활동이 시작되었고 일부는 지금까지도 이어지는 자연스러운 영역이 되었지. 이때의 변화는 두려웠지만 새로운 도전은 모두를 분명 성장시켰어.

디지털 대전환의 흐름

세상의 변화는 팬데믹을 벗어났다고 해서 숨고르기를 하지 않았지. 오히려 기술의 속도는 우리의 생각이나 호흡보다 빨라서 어느새 인공지능에까지 이르렀어. 이제 예술가들은 단순하게 소통을 위한 SNS나 줌 사용을 넘어 예술의 재료로, 주제와 소재로, 무대로, 홍보 매체로, 그리고 협업자로서 기술을 받아들일지 말지 고민하는 데까지 이르렀어. 그래도 한때는 아날로그를 선택할 수 있는 기회도 있었고, 그것이 하나의 개성으로 받아들여지기도 했지만 AI와 5G, GPS, 첨단 배터리, 대용량 OLED, VR, 생체인식, NFC 결제 등 온갖 첨단 기능의 집합체인 스마트폰이 우리 손에 들어온 이상, 좋든 싫든 디지털 대전환의 흐름에 이미 몸을 실었다 해도 과언이 아니야. 4차 산업혁명이라 불리던 이 흐름은 막을 수 없게 되었고, 이제 어떻게 활용하고 더불어 살 것인가를 고민하는 5차 산업혁명 시대가 펼쳐졌어.

결국 우리가 세계를 바라보는 방식에 변화가
필요할 뿐 아니라, 스스로 생각하는 법을 익히지 못하면
통념이 인생을 조종하게 된다.
외면하면 또 다른 위기에 직면할 것이고, 지금 두려움에 직면하고
넘어선다면 새로운 기회를 만날 것이다.
그리고 그러한 변화 속의 주인공은 바로 슈퍼 개인들이다.

— 이승환의 《슈퍼 개인의 탄생》 중에서

이런 경험이 하나하나 쌓일수록 오히려 사람들의 머릿속에는
SF 영화의 단골 주제인 질병이나 좀비, AI와 로봇의 역습이 시작
된다 해도 다시 인간이 이기고 말 것이라는 믿음이 더 강해지고
있는 것 같아. 전염병의 대유행 속에서도, 일제강점기를 경험한
세대와 챗GPT 시대에 태어난 세대가 공존하게 된 격변의 환경
에서도, 생활은 질겼고 인간은 강하게 살아내고 버텨냈으니까.
그것이 인간 자체가, 생명 자체가 견고할 수 있다는 강력한 믿음
의 증표가 되었다고 생각해.

예술의 몰락 대신 모두의 예술로

한때는 많은 사람들이 팬데믹으로 예술계의 몰락을 우려했던 것 기억나? 하지만 그 강한 인류가 만들고 지켜온 가장 창조적이고 가장 본능적인 산물, 예술은 어떠했지? 몰락은커녕 침몰하던 타이타닉호에서 끝까지 음악을 연주했던 악사들처럼 어려운 시기, 위기의 사회에 왜 예술이 더 필요한지를 오히려 증명해냈어. 강하게 살아남았어. 공연장에 가지 못하는 사람들은 유튜브로 공연을 봤고, 예술교육을 받을 수 없게 된 사람들은 재료와 도구를 집으로 배송받아 개인의 취미를 즐겼어. 상류층의 소유물인 것처럼 미술관에, 공연장에 우아하게 갇혀있던 예술이 드디어 서민들의 집으로, 개인의 공간으로, 모두의 것으로 확산된 새로운 시대가 열린 것이지.

우리는 상상을 뛰어넘는 제품과 서비스를 개발하기 위한 거대 시스템을 구축했고, 동시에 그 제품과 서비스를 팔기 위해 결핍에 대한 인식과 시기심을 퍼뜨리고 있다.

꿈과 영혼을 포기하면 사회적 지위와 만족감을 얻을 수 있다고 우리는 서로에게 약속한다. 적어도 포기한 것을 잊어버릴 수 있다고 말이다.

그러나 아마도 반세기 전에는 그 약속이 통했겠지만, 지금은 공허하게 들릴 뿐이다. 우리에겐 대안이 있다.

그것은 또 다른 형태의 성장이자 더 나은 안전이다.

여기서 핵심은 일이다. 그 일은 차이를 만들고, 더 큰 존재의 일부가 되고, 자부심을 느끼게 하는 것이어야 한다.

그리고 그것이 의미의 노래다.

의미의 노래는 자동화나 기계화할 수 없고 외주로 돌릴 수 없는 일을 사람들이 하도록 만든다.

또한 그것은 인류가 함께 불러야 할 노래다.

- 세스 고딘의 《의미의 시대》 중에서

256

누구는 좌절하고 누구는 기대하고

젊은 예술가들은 이렇게 빠르고 엄청난 사회의 변화들을 어떻게 인식하고 또 어떻게 대응하고 있을까. 누군가는 유튜브의 무료 예술 강좌들을 보면서 이제 예술교육은 망했다고 좌절할 수도 있을 거야. 누군가는 드디어 나를 드러낼 기회가 왔다고, 내가 올리는 레슨 영상을 보고 더 많은 사람들이 나를 찾아올 거라고 새로운 기회를 발견할 테고. 또 누군가는 그림을 그리고 글을 쓰는 AI를 보면서 예술가의 할 일은 끝났다고 비관하는 반면, 누군가는 기초적인 그림과 글을 AI에게 맡기고 좀 더 고도의 창의적인 활동에 집중할 수 있는 효율을 얻게 되었다고 기뻐하고 있을 거야.

이렇듯 인공지능과 기술의 급속한 발전은 예술가라는 직업의 미래에 대해 많은 질문을 제기하게 했어. 어떤 사람들은 인공지능과 자동화가 예술가를 대체할 수 있다고 우려했지만, 반면에 유용한 기술들이 오히려 창작 과정의 효율성을 높이고, 예술적 표현에 새로운 기회를 제공할 거라는 기대를 내비친 이들도 있었지.

무엇에 더 집중할 것인가

30여 년 전 학교 음악 시간에는 노트에 자를 대고 오선지부터 직접 그렸다는 것을 지금 세대는 알까. 오선지를 그리는 것이 하나의 음악교육이기도 했는데, 어느 날 음악 노트에 오선지가 인쇄돼 나온 것을 보고 참 편리하다 생각했어. 그런데 이제는 키보드나 패드로 입력한 멜로디가 디지털 악보로 실시간 그려지는 시대가 됐지. 기술과 매체가 발전했다고 해서 음악계가 몰락한 것이 아니라, 창작 과정과 방식, 그리고 무엇에 더 집중할 것인가가 달라지는 변화를 거쳐온 거야. 물론 옳고 그른 것은 없어. 오히려 오선지에 펜으로 곡을 써야 악상이 더 잘 떠오른다는 작곡가도 있을 수 있겠지. 그렇지만 시스템의 차이로 인해 효율성과 소요되는 기간, 타인과의 협업 등에서 누군가 불편해지거나 함께 일하기 어려워질 수도 있어. 결국 미래는 이미 다가왔지만, 모두에게 똑같이 온 것이 아닌 셈이야. 젊은 예술가들이 두려움 없이 미래를 마주할 때, 오히려 호기심과 기대감으로 부딪혀 보고 내 것으로 이용할 때, 새로운 시대, 새로운 아이들을 이해하게 되고 새로운 가능성의 풍경을 비로소 볼 수 있게 되지 않을까?

인간을 현명하게 하고 위대하게 하는 것은 과거의 경험이 아니고 미래에 대한 기대이다.
왜냐하면 기대를 갖는 인간은 끊임없이 학습하기 때문이다.

– 조지 버나드 쇼

두렵기도 하고
무시하고도 싶은
디지털 시대의 예술

인공지능 분야의 예측 전문가인 옥스퍼드대학교 닉 보스트롬 교수는 불행을 피하기 위해 다음 세 가지 함정을 조심하라고 이야기해.

첫째, 머리를 모래에 파묻고 피하는 것. 둘째, 두려워하고 당황하는 것. 셋째, 인공지능을 폐지하려고 시도하는 것. 인공지능과 기술 발전의 속도가 빠른 만큼 오히려 목을 빼고 잘 지켜보며 인류의 목표와 인공지능의 목표가 잘 맞는지 확인해야 한다는 거야. 두려워하고 당황하는 것은 우리의 지능을 오히려 오프라인으로 만드는 것과 다름이 없다고. 그러니 지레 겁을 먹거나 피하지 말라는 주장이지.

예술과 기술 사이 애매하게 낀 젊은 예술가

지금의 젊은 예술가들은 어쩌면 예술과 기술의 융합에 있어 가장 촉망받으면서도 가장 애매한 입장에 놓인 이들이 아닐까 생각해. 기술 관련한 예술가 역량강화 강좌를 열면 신청자의 절반 이상이 40~60대 예술가인 것을 보고 놀라곤 해. 교사나 직장인, 그리고 예술계에서도 중장년들이 오히려 내가 뒤처지는 것은 아닌가 하는 걱정에 더 익히고 활용하고자 노력한다는 방증이지. 또한 지금 10대 이하, 미래의 예술가로 커갈 아이들은 디지털과 AI에 전면 노출되어 있는 만큼, 기술을 받아들일까 말까 고민하는 것이 아니라 그저 생활 그 자체로 숨 쉬듯 밥 먹듯 함께 살아가는 중이야.

오히려 예술가로서 기술의 발전을 가장 두려워하거나 외면하고 있는 것은 20~40대 젊은 예술가들이 아닐까 생각해. 태풍의 눈 속에 있다 보면 태풍이 전혀 보이지 않거나 태풍에 위압당하게 마련이니까.

젊은 예술가들에게 제안하고 싶은 것은

결코 기술을 무시해서도 안 되고,

기술에 압도당해서도 안 된다는 거야.

'공유지의 비극'이라는 말이 있어. 내가 하지 않으면 누구라도 한다는 말이야. 우리나라 예술가가 하지 않으면 다른 나라 예술가가 한다는 것이고, 우리 단체가 하지 않으면 다른 단체가 한다는 거야. 기술의 발전과 시대의 변화에 대한 무한한 긍정과 핑크빛 미래만을 그리면서 모든 젊은 예술가들이 기술에 종속되기를 바라는 게 아니야. 디지털 대전환기에 이르러 기술과 더불어 살아가야 한다고 모든 국가, 정부와 기업이 조바심을 내고 있는 오늘을, 이 현실을 직시하자는 거지.

새로운 과학이 주는 충격은 일상이 되고,

새로운 지식은 결국 상식이 된다.

단지 시간이 걸릴 뿐이다.

– 국립과천과학관의 《과학은 지금》, '머리말' 중에서

적어도 예술가가 창의성과 모험을 추구하고 시대의 새로운 가능성이나 인간이 직면한 위험과 문제 등을 탐구하여 표현해온 유일한 직업이라는 자부심이 있다면, 기술이 반드시 젊은 예술가들에 의해 질릴 만큼, 소진될 만큼 다뤄지길, 굴려지길 바라는

거야. 예술작업의 재료가 되든, 홍보 매체가 되든, 키치와 비판의 주제와 소재가 되든, 공동협업자가 되든, 시간과 돈을 아껴주는 도구가 되든, 세계 관객과 연결해주는 무대가 되든, 내 작업을 아카이빙 해주는 온라인 박물관이 되든, 그 무엇이든 말이야.

자, 그럼 어떻게 시작하면 좋을까? 코로나 시기에 집필한 나의 다른 저서 《메타버스와 함께 가는 문화예술교육》(다빈치books, 2022)에서는 예술가와 예술교육가들이 기술을 다음 네 가지 방법으로 활용해볼 것을 제안하고 있어. 첫 번째는 기술의 변화와 발전 속도, 엄청난 양의 툴에 대해 조바심을 내지 말라는 거야. 아무리 개발자라 하더라도 그 모든 툴을 다 쓰고 다 아는 사람은 드물어. 조바심을 내려놓고 다음 방법으로 접근하는 거야.

바로 두 번째, 젊은 예술가 자신과 관련된 영역에 관한 호기심을 갖고 액션러닝action leaning하는 것. 내가 음악과 영상에 관심이 많다면 관련 AI툴이나 애플리케이션 등을 검색해서 직접 깔아보고 사용해보는 거지. 궁금한 점은 언제든 포털 사이트를 활용해 검색해볼 수 있어. 유튜브에는 관련 툴의 사용법이 담긴 무료 교육영상이 가득할 거야. 이래저래 가지고 놀면서 장단점을 찾아본 뒤 나에게 가장 잘 맞고 유익한 툴을 선택해서 본격적으로 이용하는 거지. 그러다 고도의 기능이 필요해지면 유료 버전을 구매하면 되고, 더 성능이 좋은 앱이 나온다면 갈아타도 돼. 비슷한 기능의 앱은 사용법이 비슷해서 새로운 것을 익히는 데 시간이 그리 오래 걸리지 않을 거야. 이렇게 직접 툴을 깔아서 이것저것 눌러보는 호기심에, 직접 사용해보면서 스스로 배우는 액션러닝이 더해진다면 지식과 경험을 먹이로 자라는 예술가의 창의성은 한층 높아질 거야.

세 번째는 미숙함에서 오는 서비스 기반의 작위적 융합예술에 주의해야 해. 기술 자체를 보여주는 것은 누군가에게 신기할 수는 있지만 그것만 가지고 예술이나 예술교육이라고 할 수는 없어. 챗GPT로 쓴 시를 발표하는 등 단순히 제공되는 서비스를 그대로 작품 활동이나 예술교육으로 활용하는 것은 예술가가 절대로 해서는 안 되는 일이야. 오히려 네 번째 사항에 주목해야 해.

네 번째, 기술보다 미적 경험과 배경과 맥락에 집중하는 예술의 가치를 절대 놓치지 않는 것이야. 결국 기술이라는 것, 디지털, 인공지능, 애플리케이션 등은 하나의 붓, 하나의 재료로 기능한다는 것을 잊지 마. 예술가로서 무엇을 이야기하고 싶은지, 관객으로 하여금 무엇을 경험하게 하고 싶은지를 항상 기술보다 우위에, 중심에 놓아야 해. 그래야만 사람들은 기술이 아니라 그 안에 던져진 작가의 메시지와 의미를 보게 될 테니까.

예술가를 향한 놀라운 세상의 기대를 위해

정리하자면 예술가들이 끊임없이 시대와 매체를 변주하고 예술의 표상을 추구한다면 지금까지 그랬던 것처럼 예술은 결코 사라지지 않을 거야. 오히려 숱한 역사의 진화 속에서도 살아남은 강력한 인간들은 인공지능과 자동화의 흐름 속에서도 의미를 찾고 개인을 찾고 아름다움과 경이로움을 찾을 거야. 이 시대를 개방적으로 살아가고 있는 현대인들은 아름다움과 미적 정서를 불러일으키는 예술을 더 중시할 수 있다는 연구결과도 지지를 받고 있어.[39]

예술가들에게 기술의 빠른 변화와 AI는 앞으로도 계속해서 도전이 되겠지만, 호기심과 창의적 표현을 하는 데 있어 새로운 기회와 가능성이 될 수도 있어. 한 인간이자 예술가로서의 두려움과 고민, 도전이 오히려 세계와 사물의 진리를 밝히는 힘이 될 수도 있다는 것을 그래도 젊은 예술가들은 한번 믿어봐야 하지 않

을까?* 그것이 예술가만 모르는 예술가에 대한 놀라운 세상의
기대이니까.

예술에 의해 드러나는 세계와 사물은 표정과 혼을 갖는 세계이고,
신화적인 표정 체험에 의해 규정되는 세계다.
니체는 인간은 과학이 드러나는 세계에서 살 수 없고,
예술이 드러내는 신화적인 세계에서만 건강하게 살 수 있다고 보
았다. 인간의 삶이 보다 큰 건강과 활력을 얻기 위해서는 신화가
필요하다는 것이다.
따라서 니체는 오늘날 예술의 과제는 바로 이러한 신화를 창조하
고, 신화를 통해 사람들의 삶에 의미와 방향을 부여하는 것이라고
보았다.

- 박찬국의 《내 삶에 예술을 들일 때, 니체》 중에서

265

---

* 서울대 철학과 박찬국 교수의 저서 《내 삶에 예술을 들일 때, 니체》(21세기북스, 2023)에서
니체는 과학이 아닌 예술을 통해서만 이 세계와 사물의 진리를 밝힐 수 있음을 강조한다.

젊은 예술가여,
울더라도
뿌려야 한다

　스물두 살 늦은 봄, 결국 교통사고로 3년 만에 학위 없이 돌아오게 될 미래는 모른 채 들뜬 마음으로 유학길에 오르던 날, 나는 두 가지 메시지를 가슴에 품었어. 하나는 송별회를 하고 집으로 가려는데 선배 언니가 꽃집으로 달려가 사 온 흰 국화꽃이었지. 흰 국화는 변하지 않는 마음을 의미한다며 마음먹은 대로 잘하고 오라던 격려는 지금까지도 소중한 인생의 한 장면으로 기억되고 있어. 그녀는 내가 가장 좋아하는 동화책 시리즈인 《슈퍼거북》(유설화, 책읽는곰, 2018), 《슈퍼 토끼》(책읽는 곰, 2020)의 작가님이 되었지. 아름다운 그 마음 그대로 말이야.

　두 번째 메시지는 이번 장의 제목으로 차용한 이재철 저자의

《청년아 울더라도 뿌려야 한다》(홍성사, 2001)는 책이었어. IMF가 막 지난 넉넉하지 않던 시절의 유학이었기에 설렘만큼 부담과 두려움도 클 수밖에 없었는데, 울더라도 뿌려야 한다는 말이 마음껏 도전해보라는 따뜻하고도 존엄한 명령으로 들렸지. 동시에 청년기에는 거두지 않고 뿌리기만 해도 된다는 위로의 말처럼 느껴지기도 했어.

> 신실의 씨를, 근면의 씨를, 진실의 씨를,
> 이 시대의 청년들이 뿌려야 한다. 울더라도 뿌려야 한다. 괴롭더라도 뿌려야 한다. 어렵더라도 뿌려야 한다.
> 뿌리지 않으면 거둘 수가 없다.
> 한적한 산속에 길이 나 있다면, 누군가가 그 길을 닦았기 때문이다. 바로 그 누군가로 인해 사람들은 그 산을 넘을 수가 있는 것이다. 오늘날 선진국들이 정직하고 의로운 사회, 바르게 구축된 사회를 이루고 있다면,
> 그것은 누군가가 앞서 그 씨를 뿌렸기 때문이다.
>
> – 이재철의 《청년아 울더라도 뿌려야 한다》 중에서

뿌리고 키우고 거두고

문화를 의미하는 영어단어 culture는 라틴어 colere에서 유래했는데 '경작하다, 재배하다, 기르다'라는 뜻을 지니고 있어. colere 가 라틴어 cultura로 변형되었고 농사를 뜻하는 agriculture 안에 도 culture가 있는 것을 보면, 문화도 농사와 마찬가지로 오랜 시간 기르고 가꾸어 열매 맺는다는 것을 옛날 사람들이 이미 알았던 것 같아. 문화예술이 농사와 같다면 예술가는 젊은 시기에 무엇을 해야 할지 명확히 보이지. 거두는 게 아니라 뿌려야 하는 거야. 지금은 울더라도 괴롭더라도 어렵더라도 뿌리는 시기인 거야.

시대가 급변하고 SNS나 다양한 매체를 통해 청년기에 성공한 사람들의 이야기를 쉽게 접하다 보니 어느새 예술가들도 조급해지기 시작한 것 같아. 젊은 예술가들도 '갓생'을 살아보겠다며 이런저런 강연과 자기계발서를 찾아보곤 하지. 하지만 오히려 예술가들이 듣고 따라야 하는 것은 벤처 창업자의 빠른 성공 이야기보다 같은 어원의 일을 하는 농부 같은 삶의 태도가 아닐까 해. 농부의 부지런함과 꾸준함, 실험정신, 기다림 같은 것들 말이야. 어떤 농부도 씨앗을 뿌린 뒤 열매를 기다리지 못해 작은 새싹을 뽑아 먹지 않잖아. 단번의 전시나 공연으로 성공을 꿈꾸는 것은 매번 로또에 당첨되기를 바라는 것만큼 어리석은 일이나 다름없어.

청년들을 조급하게 만드는 데는 청년으로 하여금 빠른 성공을 종용하는 사회 시스템에도 문제가 있다고 생각해. 청년창업 지원이나 청년주택구입 지원 같은 것은 청년기에 창업을 해야 하고, 주택을 구입해야만 할 것 같은 느낌을 주지. 뿐만 아니라 청년으로 하여금 무엇인가를 지원받는 것이 당연한 것처럼 학습하도록 하는 부작용도 낳을 수 있어. 많은 경제학자들은 예술가들이 어려워진 것이 공급이 과하게 늘어난 이유도 있지만, 현대 사회에서도 지원사업을 지속하기 때문이라고 이야기해.

정부에서 지원을 받는 성인 계층은 크게 두 부류인데 바로 청년과 노인이야. 그런데 사실 두 계층을 세금으로 지원하는 이유에는 아주 큰 차이가 있어. 노인 지원이 생활의 부양을 위한 것이라면, 청년 지원은 궁극적으로 생활의 독립을 위한 것이야. 그런데 예술지원사업이나 예술인 지원금을 수년씩 받다 보면 어느새 그것에 익숙해져서인지, 수많은 중장년 예술가들이 마치 노인과 같이 생계지원과 부양을 위한 지원을 바라곤 해. 그게 국가의 역할이자 당연한 일이라고 주장하면서 말이야.

물론 예술은 자본주의 경제의 시장 원리상 자생할 수 없으니 지원을 하는 것이 당연하다는 논리가 아주 오랫동안 사회를 지배해 왔어. 하지만 이제 예술가가 수요에 비해 과하게 대학에서 쏟아져 나오는 시대가 되다 보니 그 많은 사람들을 부양한다는 것 자체가 불가능한 상태가 되었어. 뿐만 아니라 돈이 많이 드는 인공지능도, 시간이 오래 걸리는 바이오와 기초과학도, 돈이 안 되는 인문학, 철학, 사회과학도 사회와 국가 발전을 생각한다면 모두 지원해줘야 한다는 논리가 되기 때문에, 갈수록 예술지원사업은 넘쳐나는 예술가 수에 비해 적어지고 경쟁률은 높아질 수밖에 없을 거야.

받는 사람에서 주는 사람으로

그래서 말인데, 나는 이 책을 마무리하면서 젊은 예술가들이 받는 데 익숙한 마음에서 뿌리는 마음으로, 주는 마음으로 조금씩 옮겨가 볼 것을 권하고 싶어. 예술의 역사는 종교지도자와 상류층의 의뢰를 '받고', 후원자와 화랑의 후원을 '받고', 기금의 지원을 '받고'…. 받는 것에 유독 익숙해져왔다는 것을 인정할 수밖에 없지. 그렇지만 매체와 방법이 다양해진 현대 사회에서는 예술가들이 받는 사람에서 '주는 사람'으로 성장하는 사례들을 어렵지 않게 만날 수 있어. 그리고 그 의미와 힘은 정치가 이상으로 파급이 크다는 사실도 확인할 수 있어. 유명한 대중 예술가들이 사회 이슈에 관심을 갖고 후원금이나 성금을 통해 목소리를 낼 때 그들의 팬들도 함께 돕는 사례와 같은 것 말이야. 결국 예술가의 지위를 높인다는 것은, 상류층을 위한 고급 문화예술을 하거나 돈을 많이 버는 것만이 아니라, 도움을 받는 사람에서 도움을 주는 사람으로 이동할 때 가능한 것 아닐까?

여기서 생기를 약속하는 눈빛이란 곧 사람의 눈빛이다.
사람에게 시간은 유한 자원이고 이 자원의 소진은 곧 죽음을 의미하므로 시간을 나누는 것은 곧 자신의 생명을 내주는 것과 같은 의미이다. 그런데 이 같은 나눔은 결코 낭비가 아니다. 시간과 생명을 나누는 사랑이 크로노스의 시간*에 결정적인 의미를 부여하는 것이다. 잿빛의 크로노스가 생기 가득한 총천연색의 카이로스**로 바뀐다.

– 나인성의 '시간에 의미를 부여하는 활동, 예술' 중에서, 〈뉴필로소퍼〉 6호, 2019

271

_____

* 분,초 단위의 객관적 시간
** 특별한 의미가 부여된 주관적 시간

각색의 오류

받는 사람으로서 경쟁하게 만드는 구조는 동료를, 선후배를 경쟁 대상이자 미워하는 상대로 만들게 돼. 하지만 주는 일은 그 것이 무엇이든(후원금이든, 노하우든, 감동이든, 경험이든) 경쟁할 필요도 경쟁 상대가 될 사람도 없고, 신경 써야 할 단체도 없어. 그저 젊은 예술가로서 조금의 귀찮음과 노력만 있으면 되니까. 사실 받는 사람은 받아야 하는 명분을 만들어야 하기 때문에 자 신의 상처나 사건을 지나치게 극대화하기도 해. 나 역시 무의식 중에 내면의 깊은 작업을 하는 예술가로 보이기 위해 지나간 상 처들을 극대화하는 각색의 오류dramatize에 빠지기도 했거든. 이 게 습관이 되면, 충분히 넘어갈 수 있는 일도 우울과 불안의 대상 으로 삼아버릴 수 있다는 위험을 느끼게 됐지.

예술가들 가운데 유난히 자신의 과거를 과장하거나 과거에 빠 져있는 사람들이 많은 이유가 바로 후원을 받고 지원을 받고 인정 을 받고 위로와 사랑을 받아야 하는 '받는 사람'이라서가 아닌가 하는 생각도 들어. 받고자 할 때는 주도권이 상대에게 있기 때문 에 받지 못할까 봐 두렵고 받지 못하면 괴로워할 수밖에 없잖아.

그런데 되돌아보면 주는 사람이 되었을 때는 주도권이 나에게 있는 거야. 기다릴 필요도 기대할 필요도 없으니까 오히려 마음이 편하고 행복했어. 20대에는 대안학교에 가서 예술교육을 나눠 '주는 것'이, 30대에는 고학을 하는 후배들에게 단돈 몇십만 원이라도 생기면 학비에 쓰라고 건네 '주었던 것', 노력하고 궁금해하는 단체가 있으면 조금이라도 아는 것을 가르쳐 '주는 것'이, 40대가 되어서는 나를 찾아주는 기관의 일에 최선을 다해 '주는 것'과 책, 강연, 컨설팅 등으로 나의 메시지와 에너지를 나눠 '주는 것' 같은 일들이 큰 기쁨이었지. 주는 습관은 그대를 점점 더 많이 줄 수 있는 길로 이끌 거야. 그리고 중장년, 노년이 되어도 경쟁 속에 받기를 바라는 사람이 아니라, 좋은 선배, 좋은 멘토, 좋은 스승이 되어 조금 더 나아진 예술 터를 물려주게 될 거야.

공연예술을 하는 한 동료가 이런 말을 한 적이 있어. 자신은 마음이 참 나쁜 것 같다고. 누가 잘되면 질투가 나고, 내가 잘되면 교만해진다고. 그런데 자기 스승님도 그랬고 다른 동료들도 그런 분위기라면서, 예술가 가운데 선한 사람이 과연 있을까 하고 씁쓸해하더라고. 하지만 나는 그런 고민을 하는 그 친구에게서 선함이 느껴졌어. 선하지 않다면 그런 고민으로 괴로워하지도 않을 테니까. 그 친구가 얼마나 후배와 제자들은 자기와 다른 옥토에서 농사짓기를 바라는지, 그래서 어떤 마음과 어떤 태도로 제자들을 대하는지 잘 알고 있거든. 그런 고민 덕분에 제자들의 세대는 분명 반보라도 나아져 있으리라, 나는 오히려 믿음이 생겼지.

사랑이, 다정함이 이긴다

다윈은 자연에서 친절과 협력을 끊임없이 관찰하며 깊은 인상을 받았으며, "자상한 구성원들이 가장 많은 공동체가 가장 번성하여 가장 많은 수의 후손을 남겼다"고 썼다.

다윈을 위시하여 그의 뒤를 이은 많은 생물학자도 진화라는 게임에서 승리하는 이상적 방법은 협력을 꽃피울 수 있게 친화력을 극대화하는 것이라는 기록을 남겼다.

— 브라이언 헤어, 버네사 우즈의 《다정한 것이 살아남는다》 중에서

미국의 진화인류학자 브라이언 헤어와 버네사 우즈의 《다정한 것이 살아남는다》(디플롯, 2021)는 인류가 지금까지 살아남을 수

있었던 이유 중 하나가 다정함이라고 이야기해. 이 책은 2022년 한국에서 가장 많이 팔린 책으로, 인류의 진화적 특징을 다정함에서 찾고 있어. 그동안 정글 같은 세상에서 호구로 살까 봐 몸을 움츠리고, 적자생존의 법칙을 상기하며 독기를 가득 품고 살아왔지만, '정' 많고 다정한 한국인들에게 이런 삶이 사실은 얼마나 힘들었을까, 얼마나 사람으로부터 희망을 얻고 싶었을까 짐작해 보게 돼.

결국 사랑이 이긴다고 생각해. 그대들의 농사와 같은 예술작업에 대한 사랑, 그대들의 예술가라는 직업에 대한 사랑, 예술을 함께 공유하고 즐겨주는 관객들에 대한 사랑, 예술을 즐길 수 없는 정치적, 사회적 환경에 놓인 인류에 대한 사랑, 같은 길을 가고 있는 동료들에 대한 사랑 말이야.

사랑이란 지금 여기에서 새롭게 시작하겠다는 결심이다.
그게 우리가 진정으로 좋아하는 일이다.
사랑하기로 결심하면 그 다음의 일들은 저절로 일어난다.
사랑을 통해 나의 세계는 저절로 확장되고 펼쳐진다.

그러니 좋아하는 것을 더 좋아하길.

기뻐하는 것을 더 기뻐하고, 사랑하는 것을 더 사랑하길,

그러기로 결심하고 또 결심하길.

그리하여 더욱더 먼 미래까지 나아가길.

– 김연수의 《너무나 많은 여름이》 중에서

　그래, 젊은 예술가들이여, 부디 누구보다 그대의 예술을 사랑하자. 젊음의 시기를 사랑하자. 사랑하기 때문에 울더라도 뿌리고, 다정함으로 살아남자. 사랑으로 진화하고 번성하고 꽃피우자. 그래서 그대들의 젊음, 뜨겁던 정오의 태양이 모두 지나간 어느 날 오후, 젊은 후배 예술가와 따뜻한 차를 사이에 두고 마주앉는 날이 온다면, 그리고 그 순간 후배의 눈빛에 서린 젊음의 열정과 불안을 동시에 보게 된다면, 다정한 음성으로 먼저 말을 건네자. "내가 어쩌다 예술을 했지만…"으로 잠잠히 미소 지으며 시작하는, 광막하고도 뜨거웠던 내 젊은 날의 예.술.생.활.담.

에
필
로
그

이 책의 시작은 불안한 젊은 예술가의 손톱 물어뜯기를 조금이라도 줄여주고자 하는 마음이었는데, 책을 쓰면서 오히려 내가 손거스러미에 피를 보고야 말았어. 조금 허풍을 떨자면 이 책은 한숨 어린 공기가 절반을 채우고 있는 책이랄까.

지나고 보니 기억도 잘 나지 않는 일들, 더 크고 묵직한 이력에 밀리고 밀려 지금 와서는 얘깃거리도 못 되는 작고 작은 일들이었는데, 예술에 취해 있던 젊은 내게는 하나하나가 참으로 무겁고 뜨거운 순간이어서 크고 작은 화상들을 여기저기 입곤 했더랬지. 책을 쓰며 다시금 그 젊은 예술가 시절의 후덥지근한 공기를 회상하니 한숨 한 번, 여기에 아직은 사십 대인 내가 뭐라고,

크게 이룬 것도 득도한 것도 없는 내가 뭐라고 어려운 주제를 다루고 있을까 하는 부끄러움에 또 한숨 한 번, 여러 후배들을 만나이 책을 기대한다는 이야기를 들으면서 아무도 지워준 적 없는 책임감의 무게에 다시 한숨 한 번. 이삼십 대 겪은 경험과 노하우만 풀면 쓰는 것쯤이야 쉬울 줄 알았는데, 결국 한숨의 공기 반, 고민의 활자 반으로 채워 이렇게 세상에 내놓고 말았어. 남은 여백의 자리는 젊은 예술가들이 채워주겠거니 하고 은근슬쩍 떠넘기면서 말이야.

   몇 년 전 어머니가 허망하고 급작스럽게 돌아가신 이후 나는 삶 자체가 기적이자 동시에 아무것도 아니라는 everything & nothing의 마음으로 살기 시작했어. 남은 인생을 카운트 해주는 애플리케이션을 깔고 삶을 숫자로 변환했지. 엄마가 돌아가신 나이를 내 죽음의 나이로 설정해 놓으면 앱은 이 책을 탈고할 즈음 나의 생명은 37% 남았고 9,340일이 남았다는 식으로 하루하루의 삶을 친절하게 세어주거든. 그러던 어느 날, 문득 기억 한조각이 떠올랐어. 예술병에 잔뜩 취했던 20대 초반의 꿈은 바로 예술가로서의 요절이었다는 것 말이야. 세상 사람 모두 기억할 만한 대작 하나 던져두고 미련 없이 떠나(어떻게 죽을지는 생각해본 적 없지만), 젊은 시절의 고운 얼굴로만 기억되는 예술가가 되고 싶었던 거지. 그런데 세상에, 어찌저찌 먹고살다 보니 어느새이미 죽어도 요절이 아닌 나이가 되어버렸음을 문득 깨닫고야 말았어.

글쎄, 젊음이라는 것이 얼마나 빠르게 흘러가는지 나를 담당하는 죽음의 신도 눈치 채지 못할 정도였던 거야. 시계의 바늘도 풍경의 그늘도 서서히 고개를 떨구고, 그에 맞춰 내 걸음도 열정도 결단도 느려질 즈음에야 뜨거운 정오가 얼마나 빨리 지나가버렸는지 알게 되었으니, 젊은 예술가의 삶에서 가장 중요한 일은 정말 그저 오롯이 하루하루를 '살아내는 일'이었음을 손순하게 받아들일 수밖에 없었어. 태양 아래서는 너무 뜨거워서 자신이 살아내고 있다는 생의 감각마저 잃어버릴 수도 있으니까. 내가 정말 그랬으니까.

그렇지만 여전히 정오의 볕 아래 한껏 땀을 흘리고 있는 젊은 예술가들을 빨리 그늘로 부르고 싶지는 않아. 젊음의 때가 다 가기까지는 부를 수도 없고. 무엇보다 이제야 한 줌 그늘 아래 앉아

물 한 모금 축이며 그들을 바라보는 것은… 뭐랄까, 눈이 부시다 못해 눈물이 날 정도로 빛나고 또 아름다운 광경이거든. 강렬한 햇볕 때문이라 말하고 싶지만, 사실 그대들, 열기에 종종거리는 젊은 예술가 그대들의 땀과 눈물방울이 빛나는 거야.

　나는 지금도 여전히 삶을 세어주는 앱을 종종 열어보곤 해. 이제는 요절이 아니라 적어도 엄마가 살았던 시간까지 살아내는 것을 꿈꾸는 중이랄까. 예를 들어 남은 9천여 일간 몇 권의 책을 더 쓸 수 있을지, 몇 개의 작품을 더 그릴 수 있을지, 몇 번의 연구와 몇 번의 컨설팅과 몇 번의 강연을 더 하고, 또 몇 명의 좋은 사람들을 더 알게 될지 생각해봐. 조금 설레기도 하고 조바심과 기대가 생기기도 하니까. 그런 점에서 이 책은 엄마의 향년을 향해 살아가게 된 어느 개인의 시작점이자, 이제 막 지나온 정오의 감각과 기억을 모은, 한때 젊었던 예술가의 기록이 되겠지.

　어찌 한 권의 책으로 예술가의 젊음을 모두 논할 수 있을까마는, 수십 년 묵은 장판을 여는 마음으로 기꺼운 출간을 하니, 이 책의 여백에는 젊은 예술가들의 정반합 메모가 채워지기를 기대해. 정오의 거리마다 책의 화두와 커피 향이 오가는 젊은 예술가들의 살롱이 열리기를, 살롱의 수다가 되기를, 골목의 사이렌이 되기를, 젊은 예술가들의 떨림이 되고 울림이 되어 다시 돌아오기를.

그러다 감히 젊은 예술가들의 뼈를 때린다는 작은 소문이자 소란 거리가 되기를!

미주

1. 김정인(2018), 《대학과 권력-한국 대학 100년의 역사》, 휴머니스트, 2018, 286-287쪽.

2. 이은지(2023), 해방 공간 미술대학 입시제도의 역사적 유래에 대한 고찰, 기초조형학연구, 355p ~ 366p.

3. 홍찬식(2011), [홍찬식 칼럼] 예술에 침 뱉는 예술 교수의 타락, 동아일보.

4. 코넬대 사회심리학 교수 데이비드 더닝(David Dunning)과 대학원생 저스틴 크루거(Justin Kruger)의 실험에 따른 이론으로 2000년 이그노벨상을 받은 연구논문

5. European Commission, Directorate-General for Education, Youth, Sport and Culture, Vermeersch, L., Van Herreweghe, D., Meeuwssen, M. et al., The health and wellbeing of professional musicians and music creators in the EU – Insights from research for policy and practice, Publications Office of the European Union, 2023, https://data.europa.eu/doi/10.2766/481949

6. Guha N, Steenland NK, Merletti F, et al. Bladder cancer risk in painters: a meta-analysis. Occup Environ Med. 2010;67:568–573.

7. Pinto D, Ceballos JM, García G, et al. Increased cytogenetic damage in outdoor painters. Mutat Res. 2000;467:105–111.

8. Ramanakurmar AV, Parent ME, Siemiatycki J. Exposures in painting related occupations and risk of lung cancer: results From two case-control studies in Montreal. American Journal of Industrial Medicine. 2007 In press.

9. Arcelus J, Witcomb GL, Mitchell A. Prevalence of eating disorders amongst dancers: a systemic review and meta-analysis. Eur Eat Disord Rev. 2014 Mar;22(2):92-101. doi: 10.1002/erv.2271. Epub 2013 Nov 26. PMID: 24277724.

10. Silverii GA, Benvenuti F, Morandin G, Ricca V, Monami M, Mannucci E, Rotella F. Eating psychopathology in ballet dancers: a meta-analysis of observational studies. Eat Weight Disord. 2022 Mar;27(2):405-414. doi: 10.1007/s40519-021-01213-5. Epub 2021 May 22. PMID: 34021904; PMCID: PMC8933308.

11. APA . Diagnostic and statistical manual of mental disorders. Arlington: American Psychiatric Publishing; 2013.

12. Marianna Evangelia Kapsetakicorresponding & Charlie Easmon, Eating disorders in musicians: a survey investigating self-reported eating disorders of musicians, Eat Weight Disord. 2019; 24(3): 541–549. Published online 2017 Jul 14.

13. Conner TS, Brookie KL, Richardson AC, Polak MA. On carrots and curiosity: eating fruit and vegetables is associated with greater flourishing in daily life. Br J Health Psychol. 2015 May;20(2):413-27. doi: 10.1111/bjhp.12113. Epub 2014 Jul 30. PMID: 25080035.

14. Ludwig AM. Creative achievement and psychopathology: Comparison among professions. American Journal of Psychotherapy. 1992;46(3):330-356.

15. Ludwig AM. Mental illness and creative activity in female writers. The American Journal of Psychiatry. 1994;151(11):1650-1656.

16. Colvin K. Mood disorders and symbolic function: An investigation of object relations and ego development in classical musicians. Dissertation Abstracts International: Section B: The Sciences and Engineering, 1995;55(11-B):5062.

17. Akiskal KK, Savino M, Akiskal HS. Temperament profiles in physicians, lawyers, managers, industrialists, architects, journalists, and artists: A study in psychiatric outpatients. Journal of Affective Disorders. 2005;85(201-206).

18. Czeizel E. *Aki költő akar lenni, pokolra kell annak menni? Magyar költő-géniuszok testi és lelki betegségei*. Budapest: GMR Reklámügynökség; 2001.

19. Rothenberg A. Bipolar illness, creativity, and treatment. Psychiatric Quarterly. 2001;72(2):131-147.

20. Ramey CH, Weisberg RW. The "poetical activity" of Emily Dickinson: A further test of the hypothesis that affective disorders foster creativity. Creativity Research Journal. 2004;16(2–3):173–185.

21. Baas M, De Dreu CKW, Nijstad BA. A meta-analysis of 25 years of moodcreativity research: Hedonic tone, activation, or regulatory focus? Psychological Bulletin. 2008;134(6):779–806.

22. Davis MA. Understanding the relationship between mood and creativity: A meta-analysis. Organizational Behavior and Human Decision Processes. 2009;108(1):25–38.

23. Silvia PJ, Kimbrel NA. A dimensional analysis of creativity and mental illness: Do anxiety and depression symptoms predict creative cognition, creative accomplishments, and creative self-concepts? Psychology of Aesthetics, Creativity, and the Arts. 2010;4(1):2–10.

24. Goodman, G., & Kaufman, J. C. (2014). Gremlins in My Head: Predicting Stage Fright in Elite Actors. Empirical Studies of the Arts, 32(2), 133-148.

25. Szabó M, Maxwell I, Cunningham ML, Seton M. Alcohol Use by Australian Actors and Performing Artists: A Preliminary Examination from the Australian Actors' Wellbeing Study. Med Probl Perform Art. 2020 Jun;35(2):73-80. doi: 10.21091/mppa.2020.2012. PMID: 32479582.

26. Just, J.M., Bleckwenn, M., Schnakenberg, R. et al. Drug-related

celebrity deaths: A cross-sectional study. Subst Abuse Treat Prev Policy 11, 40 (2016). https://doi.org/10.1186/s13011-016-0084-z

27. 두산백과사전, '나르시시즘'.

28. Barry Ritzler, Galit Gerevitz-Stern(2006), 《Rorschach Assessment of Narcissistic Personality Disorder》. Routledge, pp227~266.

29. Zhou, Yi,(2015), Narcissism and the Art Market Performance, SSRN: https://ssrn.com/abstract=3086802

30. 박재용(2023), 현대미술 설명서: 예술하려면 '미쳐야' 하나요?, BE(ATTITUDE).

31. Centers for Disease Control and Prevention 연방질병통제센터 (2018), Suicide rising across the US, CDC Vitalsign.

32. Sternberg RJ (2003), *Wisdom, intelligence, creativity, synthesized*. New York, New York: Cambridge Univeristy Press

33. Roe A. (1946), The personality of artists. Educational and Psychological Measurement. 1946;6:401–408.

34. Roe A. (1951), A psychological sutdy of eminent biologists. Psychological Monographs. 1951;65:1–68.

35. Feist GJ. (1998), A meta-analysis of personality in scientific and artistic creativity. Personality and Social Psychology Review. 1998;2(4):290–309.

36. Sternberg RJ. (2006), The nature of creativity. Creativity Research Journal. 2006;18(1):87–98.

37. Christine L. Porath, Amir Erez (2007), Does Rudeness Really

Matter? The Effects of Rudeness on Task Performance and Helpfulness, Academy of Management Journal 50(5):1181-1197

38. Kepios(2023), THE STATE OF DIGITAL IN OCTOBER 2023.

39. Kirill Fayn, Carolyn MacCann, Niko Tiliopoulos, Paul J. Silvia (2015), Aesthetic Emotions and Aesthetic People: Openness Predicts Sensitivity to Novelty in the Experiences of Interest and Pleasure, Frontiers in Psychology

젊은 예술가에게 건네는
살벌한 현실 이야기와 데일 만큼 뜨거운 위로

어쩌다 예술을 해서

ⓒ 김태희

1판 1쇄 발행 2024년 7월 27일

펴낸이 전광철   **펴낸곳** 협동조합 착한책가게

주소 서울시 마포구 독막로 28길 10, 109동 상가 b101-957호

등록 제2015-000038호(2015년 1월 30일)

전화 02) 322-3238   **팩스** 02) 6499-8485

이메일 bonaliber@gmail.com

홈페이지 sogoodbook.com

ISBN 979-11-90400-53-4 (03810)